講談社文庫

霊獣紀

蛟龍《こうりゅう》の書（下）

篠原悠希

講談社

◉目次

登場人物紹介

翠鱗《すいりん》

蛟《みずち》。一角の山で拾われた。
龍の仔かどうか
今のところ不明。
翡翠色の瞳と鱗を持つ。
十歳くらいの子どもに
変化できる。

一角《いっかく》／一角麒（炎駒《えんく》）

神獣・赤麒麟。
百数十年を生きた霊獣の仔。
赤金色の鬣に金の瞳を持つ。
二十歳くらいの人の姿に
変化する。
人獣の死や流血が苦手。

朱厭《しゅえん》
猿に似た妖獣で山神の使い。人界における一角の案内役。

苻堅《ふけん》（文玉《ぶんぎょく》）
氏族苻氏の青年。若き大秦天王。「兼愛無私」「胡漢融和」の理想を持つ。

王猛《おうもう》（景略《けいりゃく》）
賢者。苻堅の王佐。

慕容垂《ぼようすい》
鮮卑族の将軍。大秦に帰順する。守護獣を持つ。

姚萇《ようちょう》
羌族。戦に敗れ、大秦に服属する。

慕容沖《ぼようちゅう》
鮮卑族の大司馬。美少年。

イラスト：斎賀時人

前燕、前秦、東晋の三国鼎立（366年）
代
龍城
遼東
平城
薊
前涼
雁門
渤海
姑臧
常山
前燕
黄河
襄国
前秦
上党
鄴
泰山
枋頭
安定
蒲坂
天水
洛陽
淮水
長安
弘農
徐州
許昌
武都
前仇池
漢中
寿春
漢水
長江
建康
襄陽
東晋
成都

霊獣紀

蛟《こう》龍《りゅう》の書

下

第一章　丞相《じょうしょう》賜死《しし》

　大秦《だいしん》では永興《えいこう》元年と改め、苻堅《ふけん》が即位した。

　苻堅は妻子とともに未央宮《びおうきゅう》に移り、翠鱗《すいりん》は苻堅の寝殿に並ぶ書院のひとつを、自分の住まいと定めた。

　即位に関する行事と、新体制の任免に忙殺される苻堅は、翠鱗を養う時間もない。

　そのため翠鱗が餓《う》えぬよう、書院の一隅に小さな霊廟《れいびょう》を造らせ、そこへ朝夕に羊肉と饅頭《マントウ》を供えるように手配した。

　供え物を上げに来るのは、七つにも満たない幼い奴婢《ぬひ》であった。

　官奴として王宮の雑事をこなすのは、戦争捕虜とその家族、また断罪された臣下に連座させられた家族が大半であった。先帝の苻生《ふせい》によって処刑されたのち、苻堅の代で復位が認められた雷弱児《らいじゃくじ》ら臣下の遺族らは、官奴の身分から良民の地位を回復し、それぞれが新たに官職を得た。そして二十数人に上る苻生の寵臣《ちょうしん》らは一斉に粛清され、その家族は入れ替わるようにして官奴に落とされた。

供え物を運び込む童子の幼さと、雅《みやび》を匂わせる立ち居振る舞い、そして労働に物慣れない仕草からして、もしかしたらそうした事情で王宮に勤めることとなった新米の奴婢であろうか。

定刻に食べ物を運び、掃除をしに来る子どもの姿を梁《はり》の上から観察しつつ、翠鱗は子どもたちの背景について考えに耽《ふけ》った。童子はまだ幼いためか、神饌《しんせん》の供物が毎日残らず消えているのを見ても、疑問を持つようすはない。この書院であったことを口外しないよう、苻堅に固く命じられているらしく、野次馬根性を出して、何ものが供物を平らげているのかを、盗み見にくるやからもいなかった。

ただ、書院が常に無人であることを理解してくると、すぐに退室せずに手近の椅子に腰を下ろし、親を恋しがってすすり泣いたり、仕事のつらさに愚痴をつぶやいたりしてゆく。この小さな霊廟が何もののためであるのかも知らぬまま、家族の健康や身分の回復を祈ってゆく者もいた。

給餌役の子が書院を出て、回廊を去ってゆくのを見届けてから、翠鱗は少年の姿に変化《へんげ》し閂《かんぬき》をかけ、捧《ささ》げられた食事を終える。蛟《みずち》の姿のときは、昔から食べていた虫や鼠《ねずみ》などの小獣を丸呑《まるの》みすることに違和感はない。だが人間の食事を摂《と》るときは、人の姿を取った方がおいしく感じる。

食事を終えると、雨風の日は薄暗い書院で読書をし、天気の良《よ》いときは読みさしの書籍を抱えて柱や梁を伝い、天井裏を通って屋根の上に出て大棟の上に寝そべり読書をする。はじめのうちは猛禽《もうきん》の襲撃を怖《おそ》れて瓦と同じ色に擬態していたが、あるとき自身の体が大鷲《おおわし》よりも大きくなっていたことを自覚した。空からさらわれる心配がなくなってからは、むしろ人の目を気にするようになった。だが、人間の目は鷹《たか》の目よりも鋭くないことや、そもそも天井を見上げて歩いている人間がいないことを知るのに、それほど時間はかからなかった。それでも用心のために、蛟体のときも童子の姿のときも、瓦と同じ色の鱗や衣服に擬態することは欠かさない。

翠鱗が苻堅と顔を合わせる時間はほとんどなく、王宮に貯蔵されていた大量の書籍や史書に目を通しているうちに夏は過ぎ、秋の風が吹き始めた。

この時期、翠鱗は未央宮から外出することはほとんどなかった。読書に飽きれば朝堂から各部の政庁、そして後宮の隅々まで、幽鬼のように出入りした。

翠鱗が人界に、それも大秦の王宮に留《とど》まる理由は、守護獣として聖王の素質を備えた苻堅の覇業を見守り、その命を護《まも》るためである。

とはいえ、前帝の苻生があまりにも怠惰で人望がなく、大臣から奴婢にいたるまで些細《ささい》な罪で処罰や極刑を科されたことから、国を傾ける暴君であるとの悪名が高かった。それゆえ少年期から聡明《そうめい》さで声望の高かった苻堅の登極に異議を唱える臣《しん》はおらず、群臣も民衆も諸手《もろて》を挙げて新しい君主を歓迎した。

こうした事情から、百官を前に政務を執る苻堅に命の危険が及ぶ気配はなく、翠鱗は常に貼り付いて護る必要がなかった。

――文玉《ぶんぎょく》が即位したいま、ぼくが神獣に昇格するためにこれから取り組まないといけないことは、もうひとつの使命である『聖王の道を外さぬように導く』ってやつだけど、聖王の道というのがそもそもわからないんだよな――

この数ヵ月、翠鱗が王宮の書籍を読《よ》み漁《あさ》っていたのは、聖王の道なるものを知り、理解するためであった。だが、指標となるものはいまだに見つかっていない。

――だいたい、学問や道徳とか、文玉の方がよほど真面目に勉強していて、ぼくがどうこう口を挟むことは何もない。ぼくがこれからどうしたらいいのか、一角《いっかく》と話せたらなぁ。けど、一角の山がどこにあったのか覚えてないし――

翠鱗は宮殿の大棟に沿って腹這《はらば》いになり、上目遣いに青い秋の空を見上げた。地を走れない、空を飛べない未熟な蛟には、長安《ちょうあん》から何百里あるかわからない一角の洞窟までたどりつけるあては、まったくなかった。

翠鱗の顎の下には、古い巻物が大棟をまたぐように広げられている。文字を追うのに飽きた翠鱗は、手元の瓦を一枚抜いた。風に飛ばされたり、重力にひかれて屋根から転がり落ちないように瓦を巻物の上に置く。

読書や学問に関していえば、実のところ翠鱗はあまり好きではない。人間の言語を文字にした書籍には約束事が多く、文章の意味を理解することは簡単ではない。集中力が続かず、すぐにうつらうつらしてしまったり、別のことに興味が向いて、一巻の書を読むのに何日もかかってしまう。

ただ、神獣に昇格するための天命をやり遂げるには、人界に関する膨大な知識が必要であると、先達の一角に繰り返し諭された。だから一日も早くまっとうな龍に成長するためにも、集中できないまま読書に励んできた。現実のありようとしても、王宮暮らしのありあまる時間を、寝ることと巡回以外でやり過ごすとしたら、読書くらいしかすることもなかった。

伏せた姿勢のまま空を見上げていると首が疲れてきた。視線を下げると、こちらをにらみつけてくる棟飾りの鰲魚《ごうぎょ》と目が合った。龍頭魚身の鰲魚は、どの宮殿にも、大棟の両端に向かいあわせに据え付けられている。王宮の一番高いところで寝そべりたい翠鱗の、もっとも居心地の良い場所である太極殿の屋根にも鎮座している異形の獣像、あるいは魚像だ。

龍の顔と鯉《こい》に似た胴体、大きく広げた尾鰭《おびれ》を天高く持ち上げた鰲魚は、龍の眷属《けんぞく》であるという。初めて鰲魚を目にしたとき、蛟の自分とは無縁の生き物ではないような気がした翠鱗は、文献を当たって調べてみた。

滝を泳ぎ登った鯉が、竜門を越えたときに龍に変じた瞬間の姿であるが、龍珠《りゅうじゅ》を呑《の》み込《こ》んでいたために龍になりきれなかったとか、龍の産んだ九子のひとつ、螭吻《ちふん》の別名であるとか、あるいは太古に存在した龍とは関係のない大海亀であったなど、諸説さまざまである。螭吻はまた蛟の別名であることから、翠鱗は自分に最も近い眷属であるかもしれないと思い、屋根に登るたびに鰲魚に近づいてはよく観察した。

そうした日々のあと、鰲魚と自分は似ているかと、苻堅に訊《たず》ねてみた。

苻堅は庭に出て屋根を見上げ、手をかざしてよく見つめたのち、『顔は似ていなくもないが、顎や口は翠鱗の方が細くて小さく、体つきはまったく違う』と言った。

鰲魚が実在するのならば、眷属かもしれないので会ってみたいと話す翠鱗に、苻堅は微笑とも困惑ともつかない表情を浮かべて、ふたたび屋根の鰲魚を見上げた。

その由来は諸説あるにしても、鰲魚は人間たちにとっては水を操る瑞獣《ずいじゅう》とされ、こうして形を模した彫刻や焼き物、もしくは鋳造品を屋根に飾り付けて火難を避《よ》けるのだと、苻堅は説明した。

「龍も鰲魚《ごうぎょ》も、記録や物語には語られているのに、現実に『出会った』『見かけた』『捕獲した』という話は聞かない。目にした者の証言や残された絵図、伝承に沿って作られた彫像は、同じ名で呼びながらも同じ獣とは思えないほど、異なる形状をしている。そのため本当は実在しないと言う者も少なくない。私自身は、そもそも実在するかどうか、興味を持ったこともなかった。だが、これまで知られてきたいかなる蜥蜴《とかげ》にも蛇にも似ておらず、むしろ伝説の龍に似ていて、私にだけ人間の言葉で語りかけ、蛟であると自称する翠鱗は、私の前に実在している。だから鹿や熊のような、ありふれた生き物ではないにしても、龍も鰲魚も実在するかもしれない」

苻堅はそう言って微笑《ほほえ》み、さらに続けた。

「形状云々《うんぬん》で言えば、龍の九子のうちでは翠鱗は鰲魚よりも、蚣蝮《はか》か蒲牢《ほろう》に似ている。長ずれば、はっきりとわかるのではないかな」

どちらも、建築物などの装飾として彫像が飾られていることと、どこそこへ行けば見ることができると、翠鱗に教えてくれた。

政務の忙しさもさることながら、新しく迎えた群臣や閣僚との交際も忙しく、後宮に妃賓も増えて、苻堅が翠鱗の棲《す》み家《か》としている書院を訪れることも稀《まれ》になっていた。翠鱗はそのうち書籍の山を見るのも嫌になり、人の姿で王宮や城下の建築物や寺院を訪ね歩き、龍や龍の九子を題材とした彫刻や絵画を見て歩いた。

　このころの翠鱗は、自分が霊獣として成長するための天命をいかに達成すべきか、ということよりも、自身の種や伝説に語られる眷属について興味が向いていた。寺院の釣鐘を吊《つる》す紐《ひも》を通す鈕《ちゆう》に象《かたど》られた、四肢を踏ん張った彫像が蒲牢で、欄干や水路の出口に設置された彫像が蚣蝮であるらしいのだが、どちらも龍の顔を持ち、太い四肢と短い尾を持っていた。とてもよく似ていて、どちらがどちらとは、翠鱗の目にはとても区別がつきがたい。蒲牢はその吼《ほ》える声が大きく、それにあやかって釣鐘の意匠として使われるということだが、本当にその声を聞いた者はいない。翠鱗は自分が成長したら、このように龍頭を持ちながらも、驢馬《ろば》のように詰まった寸胴《ずんどう》と短い四肢の獣になるのだろうかと不安になった。

　翠鱗が一角に出会ったり、あるいは一角を訪ねてきた神獣と顔を合わせたりしたように、いつかはこの龍の九子とされる獣たちに会うこともあるのだろうか。あるいは、自分自身がこの九子のひとつであったことが、証明される日が来るのだろうか。

　いやいや、それはいやだと翠鱗は思った。龍の九子には、空を飛翔《ひしよう》する力はない。龍から生まれた龍ならざるものではいやだ。己が霊獣の仔《こ》であると信じたい。自分も霊力を伸ばして角龍《かくりゅう》となり、ついには天を自在に翔《かけ》る成龍となりたかった。

このように、夏と秋は自分のことを考えることが多く、宮廷の内外でどのようなことが起きているか、翠鱗はさほど注意を払っていなかった。

王宮で異変があったときは、一番に察知するのは自分であると信じていたからだ。

翠鱗は、王宮と長安の空気を嗅ぐことで、臣民の不安や喜びの波を嗅ぎ取ることができた。暴君であった先帝の苻生のときは、人々の感情と不安が王宮と長安を覆い尽くし、鱗がピリピリと逆立つ違和感と不快感に加えて、顎の鬚《ひげ》が落ち着きなく揺れて不穏な空気の源を示していた。だから、再び王宮に不穏な事態が起きれば、自分が真っ先に感じ取れると、翠鱗は自信たっぷりに思い込んでいた。

確かに、群衆の不安や希望が渦巻き、出口を求める感情のうねりを感じる力は翠鱗のうちに育っていた。さらに、信用できる人間とそうでない人間を見分けることもできる。

たとえば、先の戦で降伏し、大秦に服属して仕えるようになった羌族《きょうぞく》の姚萇《ようちょう》などは、確かに逸材ではあったが、近づくと飼い慣らせない野生の獣のようなにおいを放っている。ただ、そのような人間は珍しくなく、漢族の廷臣の中には異民族に支配される時代を悲観しつつも、現在の地位と平穏な生活を維持するために、面従腹背して仕えている者も大勢いるのだ。

民族融和を目指すということは、いつでも軛《くびき》を断ち切ろうと隙を窺《うかが》っている姚萇や、いまだ晋《しん》に心を寄せる漢族を抱え込むということであった。獅子《し》身中《しんちゅう》の虫《むし》をいかにして飼い慣らすか、あるいは組成や強度の異なる石を積み上げて、城を造ろうとするようなものかもしれない。

おそらくは、中華史上初めて複合民族の国を造ろうとした人間、石勒《せきろく》の守護獣であった一角と、もう一度深い話ができれば、これから翠鱗が学び、目指すべき方向性も見えてくると思うのだが。

秋が深まるほどに、自身の出自と将来の可能性について、屋根の上で思索を巡らす時間も長かったこともあり、木枯らしが長安を吹き抜け、小雪がちらつくころに起きたその事件を、翠鱗は事前に察知することができなかった。

その日、寒さの苦手な翠鱗は、いつものように書院にこもって書を広げ、うつらうつらとしていた。突如、落雷に打たれたような衝撃を受けて目を覚ます。全身が痺《しび》れ呼吸もままならずにいると、焼け付くような痛みが全身を巡った。

はじめの衝撃が苻堅の叫びであったこと、続いた苦痛が苻堅の慟哭《どうこく》であることを、翠鱗は即座に悟った。父の苻雄《ふゆう》を失ったときの胸の痛みと、肉を削がれるような慟哭がそっくり同じであったからだ。いや、もっと強烈であった。

父の死に向き合ったとき以上の苻堅の悲嘆に、翠鱗は同調したのだ。

苻堅の心身の状態を感知する翠鱗の能力は、日を追い年を重ねる内に徐々に鋭くなっていた。一年ごとに剝がれ落ちる鱗を細工した護符――翡翠《ひすい》の玉にも似た耳飾りや指輪などの装飾品――を授けることによって、離れていても苻堅の危険を察知できるようになっていたせいかもしれないし、ただ単に、年を経たことで翠鱗の霊力が高まっていたからかもしれない。

痛みの波が退《ひ》くなり、翠鱗は急いで苻堅のもとへ駆けつけた。人目につかない建物の隙間は蛟体ですり抜け、宮殿と宮殿のあいだの開けた場所は人の子の姿で走り抜けた。翠鱗の鋭い聴覚は、宮中でささやかれる噂《うわさ》の断片も拾いつつ、事態の把握に努めた。『苻法』『東海王《とうかいおう》』『自死』『賜死《しし》』『皇太后』という言葉が耳に残る。

苻堅の書斎をたびたび訪れ、異母弟と国造りについて語り合っていた苻法《ふほう》を、翠鱗はよく覚えている。

異母弟の即位を誰よりも喜んでいたのが、苻法であった。その苻法が自死を図るはずがなかった。まして、何よりも異母兄を慕い、頼りにしている苻堅が、国柱ともいえる苻法に死を賜るようなことをするはずがなかった。

苻法は苻堅から東海王の称号を継ぎ、君主の輔弼《ほひつ》として最高位である丞相の地位に就いた。さらに録尚書事《ろくしょうしょじ》として内政を、使持節《しじせつ》と都督《ととく》中外諸軍事においては軍制を統括、そして侍中《じちゅう》では宮中の重職を兼任して、精力的に苻堅のために新政権の確立に励んでいた。その苻法がなぜ自ら命を絶ったのか、翠鱗はまったく想像できなかった。

兄弟で国を興し造ろうとしていた伯父苻健《ふけん》と父苻雄のように、自分たちはともに手を携えて大秦の未来を創り上げていくのだと、苻堅は疑っていなかった。そして、それは苻法も同じであったはずだ。

苻堅の居場所はどこにいても感知できた翠鱗は、迷わず苻法の遺体が安置されている東堂へたどりつく。

そこでは、苻堅が兄の遺体に取りすがって、あたりも憚《はばか》らず号泣していた。

「私が兄さんに死を命じるはずがない！　どうして、誰も私に知らせなかった⁉　誰が偽りの命を出したのだ！　誰がこんな浅ましい嘘《うそ》で兄さんを陥れた⁉」

堂内の者たちは、位の上下にかかわらず苻堅に近づいて声をかけることをためらい、かといってその場を立ち去ることも憚られて立ち尽くしていた。

翠鱗は苻堅をなだめたいと思ったが、人目があるために近づくこともできない。壁際に置かれた家具の陰に留まり、周囲の色に溶け込んで成り行きを見守る。苻法の肌は青白く、すでに蠟《ろう》のように生気と弾力を失っていた。翠鱗が見守る間にも、徐々に土気色に変わりつつある。

床には毒酒の入っていたであろう瓶子《へいじ》が割れて転がっていた。床を濡《ぬ》らす液体からは、鼻腔《びこう》に貼り付くような酒の甘い香りと、鼻の奥を突く、だが不快ではないつんとした匂いが漂ってきた。苻生を弑殺《しいさつ》したときと同じ酒の香りだ。

扉の方からさらに人の足音と衣擦《きぬず》れの音がして、堂内の人々がざっと左右に退いた。翠鱗がそちらを見やると、苻堅の生母である苟太后《こうたいこう》が凜然《りんぜん》とした姿勢で立っていた。落ち着きのある声で人払いをする。苟太后の威厳に圧《お》されてか、みな波が退くように外へと出て行ったあと、苟太后の他には衛《えい》将軍の李威《りい》だけが残った。

翠鱗は半眼になって、艶《あで》やかな苟太后の衣裳《いしょう》の影に添うようにして佇《たたず》む壮年の将軍を見つめた。

李威は苟太后の従弟であり、かつ苻堅の父、苻雄とは幼少期よりともに育ち、深い親交があった。苻生の治世下では佞臣《ねいしん》らに同調することもなかったが、他の剛直の臣下のように諫言《かんげん》で身を滅ぼすこともなく、苻生の敵意が苻堅に向くようなときはさりげなく火の粉を振り払ってくれた。即位にも苟太后と緊密に連絡し合って力を尽くし、尚書左僕射《しょうしょさぼくや》という、丞相と録尚書事に任じられた苻法に次ぐ地位を得ていた。

また、苻堅が少年のころから師事し、父の死後は縁戚としても忠臣としても頼りにしていた男だ。李威の助言は、父からの助言とも受け取ってきた。

苟太后が、息子に声をかける。

「万乗の位に就いた者が、そのように取り乱し、泣き嘆くところを臣下の前で見せてはなりません」

きりりとした硬質な声に、苻堅はぐいと振り向いて母を詰《なじ》った。

「兄さんになんの罪があったというのですか！」

重臣に自死を命じることができるのは、君主でなければその父であり譲位した太上皇か、母の皇太后のみである。

「天王たるこの私にひと言も諮《はか》ることなく、兄さんの命を要求する理由など、どこにあったというのですか！」

苟太后は悠然とした裾捌《すそさば》きで苻堅のかたわらに立ち、固い面持ちで苻法の遺体と息子を見下ろした。

「賜死を受け入れたのは、東海王自身です。つまり、自らその罪を認めたということ。東海王府の門前には日々、人や車馬が何町もの行列を成し、その数は減る気配がない。そなたより年長である東海王を担ぎ出そうという一派が、どのような謀略を巡らしているか、知れたものではない」

「兄さんが私に対して謀《はかりごと》など、巡らすはずがないではありませんか」

「そう、東海王にそのような考えはなかったかもしれぬ。だが、そなたよりも年長であるという理由で、東海王を支持し政変を企《たくら》む者たちは少なくない」

「兄さんならば、そのような者たちを押さえ込めた。私と兄さんの国造りには共通の理想があったんだ。伯父上と父上がそうだったように、同じ理想に向かって協力し合うことを誓っていたんです！」

「初代明《めい》皇帝とそなたの父は、母を同じくし、孝悌《こうてい》の順も正しく、誰も異論を挟むことはありませんでしたが、東海王とそなたでは事情が違います。密《ひそ》かに東海王府を出入りする群臣たちを調べさせたところ、年長の東海王を差し置いてそなたが即位したことを、快く思わぬ者たちが少なくありませんでした。その者たちを捕らえて尋問したところ、東海王をそそのかし政変を企んでいたことを白状しました。それについて問《と》い質《ただ》された東海王が、粛々と賜死に従ったのは、つまりそういうことです」

荀太后の声は明瞭で、自分の下した決断とその正しさに、一条の曇りもないと泰然としていた。荀堅は母親から目を逸《そ》らして床を見つめ、拳を握りしめた。

「兄さんは、無実です」

一語一語を無理矢理絞り出す。みぞおちを押さえて上体を折り、うめき声とともに吐き捨てる。

「兄さんと、ふたりにしてください」

苟太后は息子と争うことはせず、悠然とした足取りで堂の外へ出た。李威は恭しく拝礼して、無言で苟太后のあとに続く。

苻堅は帯の上を拳で押さえ、苦痛に顔を歪《ゆが》めて激しく嘔吐《えず》いた。

堂内にひとり残った苻堅に、翠鱗は急いで駆け寄った。後脚で立ち上がり、童子の姿に変じて苻堅のかたわらに膝をつく。

「何が、あったの？」

顔を上げた苻堅の口元と袖が血で汚れていた。まさか苻堅まで毒を呷《あお》って庶兄の後を追おうとしたのかと、翠鱗は飛び上がって驚き、人を呼ぼうとした。苻堅は翠鱗の腕をつかみ、「誰も呼ぶな」と命じた。毒酒は容器が割れ、残りはすべて床にこぼれていたことを思い出して、翠鱗の気持ちは少し落ち着いた。だが、揮発した酒精とともに毒気を吸い込んだのかもしれず、あるいは嘆きすぎて喉が切れたか、憂憤のために臓腑《ぞうふ》に傷がついたのかもしれない。

「でも、血が！　怪我《けが》じゃないよね？　口から吐いたの？　お腹《なか》が痛い？　早く医者に診てもらわないと」

飛矢などの武器を避けることはできても、体の内側についた傷を治すことは翠鱗にできない。翠鱗は苻堅の制止を振り切って外へ出て、控えていた者たちに「苻堅が血を吐いた」と叫びつつ、医者を呼びにやらせた。

意図せずして、人間たちの前に姿を現してしまった翠鱗であったが、童子の官奴と思われたか、苻堅の手当てを急ぐ廷臣らが騒ぎ出して、その存在に注意を留《とど》める者はいなかった。あるいは、そのころには人の姿であるときも、周囲の風景に溶け込んでしまえる擬態を翠鱗は身につけていたのかもしれない。

苻堅が自身の宮室に戻り、医師の手当てを受けている間に、苻法の遺体は家族のもとへと戻されたらしい。王宮が寝静まったころ、翠鱗は蛟体となり薄闇にまぎれて苻堅の枕元に這い寄った。

医師の煎じた薬が効いてまどろんでいた苻堅は、翠鱗の気配に重いまぶたを上げた。翠鱗の翡翠色の瞳と目を合わせ、ぼんやりと微笑む。

「心配させたな」

——眠り薬、効かないの？——

頭の中に直接語りかけてくる翠鱗の言葉は、かれの不安と心配そのままに、苻堅の胸に沁《し》みていった。

「効いている。胸と腹の痛みは鈍くなっているし、頭痛もおさまった。ただ、もともとの痛みや悲嘆が強すぎるので、眠りに落ちるところまでは効かないのだろう。ぼんやりとはしているものの、あれこれと考えごとはできてしまうため、また何か吐きそうだったから、そなたが来てくれて良かった」

薬のせいか、唇はほとんど動いていなかったが、翠鱗の感覚は苻堅のそれに添わせてあったので、言葉になる前の思いを理解することができた。

──人間は、哀《かな》しみや怒りで心臓が破れてしまうことがあるというから、文玉もそうなってしまうのかと思って、怖かった──

ゆっくりとまぶたを閉じては開く翠鱗の表情が、涙ぐんでいるように苻堅には見えた。薄暗い部屋の、おぼろな視界のためにそのように映ったのかもしれない。それとも、龍もまた涙を流すことがあるのだろうか。翠鱗が涙をこぼしたら、その滴はきっと透き通った翠色《みどりいろ》になるのだろう。そのまま翠玉《すいぎょく》となって転がり落ちるかもしれない。

そんな想像をしていた間は、敬愛する兄を失った痛みが薄れた。それを自覚した苻堅は、そのために自責の念を覚えてふたたび涙を流す。

「どうして兄さんが死ななくてはならなかったのか。母上は兄さんを憎んでいたのだろうか。自分より身分の低い妃《きさき》が先に産んだ男子であったことが、許せなかったのか。私は母と兄と、どちらも裏切っていたのか」

そのようなことを、ずっと考えてしまうのだという。

──人間の考えることは、よくわからないけど──

翠鱗は思考を正しい言葉に置き換えようと、細長い髭《ひげ》を揺らした。

──苻太后はとても文玉を大事に思っていることは感じた。文玉を傷つけるものは、何ひとつ置いてはおかない覚悟があった。李威は文玉だけが君主に相応《ふさわ》しいと考えていた──

半眼に閉じていた苻堅は、意志の力で無理矢理まぶたを押し上げた。

「翠鱗には、人の心がわかるのか。では、兄さんに叛意《はんい》がなかったことも、わかっていただろう？」

──ぼくにわかるのは、人が文玉をどう思っているかどうか、ってことだけ。敵意のある人間には敏感になるから。でも好意もわかる。苻法は文玉が中華の皇帝になることを、とても楽しみにしていたよ──

苻堅は小さなうなり声を上げ、目を閉じた。目尻から一粒の涙が伝い落ち、枕に吸い込まれる。

「だから、釈明をせずに賜死を受け入れたのか。母と私の対立を防ぐために？」

将来に起こりうるであろう、兄弟の相克を取り除くために？

苻法と苻堅の才知と人望の、どちらがより優れているかといえば苻法であったろうと、弟の贔屓目《ひいきめ》にみても思える。人望について言えば、明らかに苻法の方が高かった。

苻法の母は身分が低く、後ろ盾となる一族は弱かった。そのことが、苻法の後ろ盾となり、権力を手に入れようとする重臣らを引き寄せる原因ともなっていた。苻堅がそれを知らなかったわけではない。だが、自分と兄の紐帯《ちゅうたい》が強ければ、防げると信じていた。

一方、母の苟太后としては、他の女が産んだ夫の息子が、我が子を差し置いて玉座を奪う可能性は、一分たりともあってはならない。母の気持ちも理解はできるのだが、母が自分と兄を比較して息子の器が劣ると考え、そのために不安になり苻法に死を賜ったこともまた、苻堅には受け容《う》れ《い》がたい。

「母上は、私の実力を信じてはくださらなかった」

すでに成人していくつかの戦を経て、若くして君主の位に登った苻堅ではあったが、己の母ひとりにさえ、自身の器量を信じさせることができなかった現実が、ひたすらに悔しく、情けない。

おのれの半身とまで考えていた兄が理不尽に死んだというだけで、前後を失って慟哭するほどの悲嘆に暮れてしまうというのに、兄の死の理由が我が息子よりも庶長子の才覚と人望を上とみての、実母の独断であったことが、苻堅の精神をひどく傷つけた。

息子の力量に疑問を抱くあまり、君主の権限を飛び越して一国の宰相を謀殺したのだ。

「私が死を命じるはずがないと、兄さんにはわかっていたはずだ。何かの間違いだと。賜死の使者を受けたときに、どうして私に相談してくださらなかったのかと、心の中で物言わぬ兄さんに問い詰めていたときに、あの母上のお言葉だ。兄さんは何もかもわかっていて、毒酒を飲み干したんだ」

異民族同士が覇権を争って殺し合う中原《ちゅうげん》に、平和をもたらしたかった。同族同士が骨肉相争うこの世の在り方を変えたかった。

兄弟が相和して一族をまとめ、中原のあるじとなる。その父と伯父の夢を、自分と兄が果たすことを夢見ていた。顔を合わせるたびに、理想とする国家のあり方について話し合っていた。どちらが帝王になるかは、問題ではなかったのだ。父と伯父がそうであったように。

自分の考えはなんと甘かったことか。自身の母ひとり納得させることもできず、朝廷を二分させる瀬戸際であったと気づきさえしなかった。苻法は苟太后に叛意を問われて、自分自身こそが、氐族《ていぞく》が中原のあるじとなる兄弟の夢の障害となることを自覚し、釈明も求めずに黄泉《よみ》へと発《た》った。

何もかもが兄の自死とともに、一度に降りかかってきた。慟哭と自責が臓腑を締め上げて血を吐かせるには、充分であった。

「兄さん。私が至らなかったばかりに。申し訳ありません」

苻堅は腕を上げ、両目を覆って涸《か》れたはずの涙があふれるのを押さえる。

――法兄さんは、文玉が中華の皇帝になれると信じているよ。そのためなら、法兄さんはいつでも文玉のために命を差し出すつもりだった。それは、ぼくはずっと感じていた――

翠鱗の言葉に嘘はない。

だからこそ、翠鱗のささやきはどの名医の煎じた薬よりも苻堅の痛みを和らげ、悪夢のない眠りに誘い込むことができた。

苻堅は苻法の名誉を回復し官爵を元に戻し、諡号《しごう》を献哀王《けんあいおう》とした。兄の子どもたちにも爵位を授けた。天王位に就くために尽力してくれた兄を謀殺しておいて、死後に無罪として復位し称号を贈る。苻堅は自分自身が偽善の王と誹《そし》られても、兄を罪人のまま葬ることなどできなかった。むしろ兄殺しの汚名を負ったまま、覇王の道を行くことが、同じ夢を追いかけた兄の意に適《かな》うのではないか。

三代目の君主を戴《いただ》く大秦は、四方を中華の覇権を目指す諸国に囲まれ、内には複数の民族を抱える累卵《るいらん》の上に礎を置いている。

中華を統一し、諸族融和の国を創る。そのために一日も休んではいられない。それが、兄の犠牲に報いるただひとつの方法であったから。

第二章　鳳凰《ほうおう》乱舞

苻法《ふほう》の死から、翠鱗《すいりん》は書院にこもるよりも、王宮内を密かに探り歩くようになった。

翠鱗が自分自身の出自や正体に拘泥せず、もっと宮中の動きに注意を払っておけば、苟太后《こうたいこう》の策謀が苻法の命を奪う前に、苻堅《ふけん》に警告を与えることができたはずであった。

守護獣の務めとして一角《いっかく》から教わったことは、政治や戦争には不干渉を貫き、ただひたすら聖王のしるしを持つ者の命を守り、苻生《ふせい》のように悪逆の道に足を向けぬよう見守ることであった。だから翠鱗は、宮廷内で起こる陰謀に警鐘を鳴らし、未然に防ぐことが神獣に昇格するために必要な働きであるとは、これまで考えたことがなかった。

しかし、戦場や間諜《かんちょう》など外敵からの攻撃だけでなく、宮廷における人間関係が苻堅の心身を内側から蝕《むしば》んでしまうことがあることも学び、ただ見守るだけでは充分ではないことを痛感した。

さらに苻法の謀殺以来、苻堅を囲んでいた光暈《こううん》が弱くなってきたことが、翠鱗の心を悩ませていた。このまま聖王の光が消えてしまうことが、あり得るのか。光暈の消失は、苻堅が聖王たる資格を失うことを意味しているのか。

いまやひとり朝廷に君臨する苻堅は、日々精勤している。内政に打ち込み、官職を整備し、過去に不当に潰された家があれば吟味させて再興させ、礼法を整えて神祇《じんぎ》を祀《まつ》らせ、戦で荒廃した町村の復興となる農業や畜産を励行する。苻生の時代には佞臣らに出世を阻まれていた官吏を登用しただけではなく、優秀な子弟を教育するための学府を創設する。税制を見直し、未亡人や身寄りのない老人、孤児の救済に取り組む。

廃帝にされた苻生が怠っていた国事を総監する激務は、苻法がいれば分かち合えたであろう。だが、それが自分に科された罰であるかのように、苻堅は未明から夕刻まで朝議で討論し、陳情を受け、裁判の報告を読み、勅令が滞りなく行われているか確認するため、王宮だけでなく長安の内外を視察して休みなく働き続ける。

これだけ国と民を思って政《まつりごと》を行う人間から、聖王の資格が失われるはずがないと翠鱗は思う。だが、実母に統治力を疑われて信頼されずに、異母兄を排除されたことが、苻堅の心に深い傷を残したために、光暈が薄らいでいるのかもしれない。

寒さが苦手な翠鱗には、冬の厳しい時季をまたいで宮中を忍び歩くことはとてもつらい。しかし、そんなことは言っていられなかった。苻堅が光暈を失ってしまったら、翠鱗の天命は行き場がなくなってしまう。

二度と苻堅の心を折ってしまうようなことがないよう、翠鱗は苟太后と皇族たち、重臣らの動向から目を離してはいけないのだ。

そんな折り、翠鱗の額がむずむずとしだした。前脚を伸ばして爪で触れてみると、角の付け根あたりが柔らかくなっていた。根元の鱗は逆立ち、剝がれかけている。

翠鱗は鏡のある部屋に行って、自分の姿を映してみた。額の両側に伸びる双角は、鹿の角にも似た二尖《にせん》の細い枝角だ。一角のように複雑な模様の刻まれた一本のまっすぐな太い角ではない。

三本の爪で片方の角を摑《つか》んでおそるおそる引っ張ったり、揺らしてみた。痛みは感じない。むしろ生え際の鱗膚《りんふ》の下の不快感が軽くなった。痒《かゆ》いところを搔《か》いたような気持ちの良さすら感じた。さらに力を入れて引っ張ると、さしたる抵抗もなくポロリと角が抜け落ちた。

驚きに声も出せず、ぺたりと尻を落としてしまった翠鱗だが、気を取り直してもう一本の角も引っ張ってみた。こちらも簡単に落ちる。

──鹿の角は毎年落ちて、新しいのが生えてくるっていうけど──

一角の話によれば、彼の一年は人間の十年に相当するということだった。麒麟《きりん》と蛟の成長する早さが同じという根拠はどこにもないが、そうすると翠鱗の一年もまた、人間の十年に相当するのだろうか。翠鱗が苛堅のもとに来て、まだ十年には満たないし、何より推定でも数十年は生きてきた翠鱗にとって、角が抜けるのは初めてのことだ。

──そういえば、角っていつからあったんだろう？──

井戸に棲んでいたときからあったかどうかは、わからない。森に棲んでいたときには、おそらくあった。毛深い獣を頭突きで撃退したときに、確かにこの角が役に立ったからだ。どちらにしても、翠鱗は鹿でもなければ麒麟でもない。角が抜け換わる周期は、次に抜け落ちたときにわかることであった。

翠鱗は広げた掌《てのひら》で角のあったところに触れた。軽く押すと、剝がれた鱗の下の薄く張った膜の中に、固く小さい骨のような感触があった。新しい角の芽だ。

──百歳──

何の脈絡もなく、その言葉が翠鱗の胸に浮かんだ。生まれて百年が過ぎたのか、あるいは成長してひとつの区切りを通り過ぎたのか。

どちらにしても、久しぶりに自分の姿を鏡に映した翠鱗は、翡翠の珠《たま》を薄く剝いで重ねたような鱗の煌《きら》めきと、一回りも二回りも大きくなった体、宮殿の彫刻や皇族の衣裳に刺繡《ししゅう》された龍の顔によく似た自分の頭を何度も何度も、左右や上下から眺めまわした。

そして苦笑した。角のない龍の頭はどうにも間が抜けている。

翠鱗は人の姿に変化した。少年の身長と顔かたちも、いくらか成長しているように見えた。暖房のない部屋の冷気にぶるりと肩をふるわせた翠鱗は、なにか羽織るものを探した。人に変化したときには、自身の皮膚、というより鱗を緑色のひと重ねの衣に変えることができるだけなので、寒さを感じる季節は人間の衣服を拝借しなくてはならない。

自分の書院に戻った翠鱗は、苻堅から与えられていた櫃《ひつ》に詰め込まれた小姓の衣裳から、絹の中着と毛織りの細褌《ズボン》、毛皮の裏打ちをした胴着を身に着けた。かなり温かい。厚手の革袋を左手に、右手には火鋏《ひばさみ》を取り、火鉢に埋めておいた温石を掘り出して、革袋に収めた。この懐炉のお蔭《かげ》で翠鱗は真冬の長安でも活動できるのだ。

寒さで動けなくなる翠鱗のために、無人の書院に置かれた火鉢に炭火を絶やさないのも、苻堅の手配だ。

そのころの翠鱗の日課は、後宮から朝堂、群臣と官吏の働く政庁を移動し、人々の噂に耳を傾けることであった。はじめは苟太后の身辺をずっと見張っていたのだが、苻法の葬儀が終わってからは、特に目立った動きはなかった。一ヵ所に一日中貼り付いていても、特に収穫はなく、それよりは宮中の匂いを嗅ぎ取りながら、人々の不安や不満、あるいは悪意の漂う場所を探しだして、そこで交わされる囁《ささや》きを聴く。

ここのところ、幷州刺史《へいしゅうしし》を自称する軍閥の張平《ちょうへい》が国境を侵していることから、朝廷も都も出兵の準備で騒がしい。苻堅が親征するという話も小耳に挟んだ。

翠鱗はこの厳寒のさなかにさらに北の幷州へ出陣するのかと、げんなりした。それでも、守護獣である以上、ともに征《い》かねばならない。ただ、自分の動きは鈍くなるであろうから、戦場で身に着けてもらう護符に、最大限の霊力を込めておこう。

抜け落ちた二本の角を持った翠鱗が、夜半に寝室に姿を現すと、起きていた苻堅が微笑して迎えた。

「翠鱗、久しぶりだな」

苻堅は朝まで後宮で過ごすことはなく、深夜には必ず自分の宮殿に帰ってくる。皇后の苟氏《こうし》が、庶兄を死に追いやった母の親族であるためかもしれないが、翠鱗はそうした機微については疎かった。

「すっかり姿を見なくなったから、冬眠に入ったのかと思ったぞ」

冬の苦手な翠鱗へのからかいを込めた口調に、翠鱗はむっと口を尖《とが》らせた。

ここ数年は厳寒期に動きが鈍くなるだけで、初めて出会ったころのように一冬を眠って過ごすことはない。歳《とし》を重ねて霊力が高まったこともあり、人の姿で防寒着を着込んでいれば冬眠する必要がないことは、苻堅も知っている。

「出陣するんだって？　天王になっても戦争に行くの？」

単刀直入に心配事を口にする。

「出陣はするが、前鋒《ぜんぽう》に立って戦うのは建節《けんせつ》将軍の鄧羌《とうきょう》だ。総大将の私が本陣から動くことはない。それは何だ？」

翠鱗が胸の前に抱え込んでいる布包みに視線を落として訊ねる。翠鱗は包みを差し出した。

「これ、文玉《ぶんぎょく》にあげる」

不格好な包みを開いた苻堅は、驚きと疑問に満ちた表情で、翡翠の玉石を彫ったかのような二本の角と、恥ずかしげな翠鱗の顔を見比べた。

「これは、そなたの角か？」

心配げに手を伸ばし、翠鱗の額に触れる。そこに角があったかのような痕跡は、うっすらとした一対の赤い痣《あざ》だけであった。

「落ちたんだ。鹿の角みたいに。また生えてくると思う。これを使って、護符を作って。冑《かぶと》や鎧《よろい》、剣の柄頭《つかがしら》に嵌《は》め込《こ》んだり、璧《へき》にして帯に下げたり、肌守りに入れたりして、いつも身に着けて。戦場に行くときは絶対に肌身から離さないで。ぼくの霊力がこもっているから、文玉の鎧に触れる前に、矢も鉾《ほこ》も跳ね返すよ」

苻堅の顔には驚きの色が浮かび、やがて嬉《うれ》しさを滲《にじ》ませて微笑む。

「たしかに、鞍《くら》にぶら下げて連れて行くには、翠鱗の体はいささか大きく、重くなってきたからな」

「もちろん、戦場にもついていくよ。角が生え替わってから、何日もずっと人の姿でいることができるようになったし、気持ちがゆるんでも尻尾は出なくなった。背も伸びたから、いまなら馬にも乗れる。ぼくは苻堅を守護するためにいるんだから、出陣するなら小姓にしてくれるよね」

「確かに、乗馬のできる身長には達したようだ。そなたの言う通りにしよう。自分の身は守れるな？」

宮殿内の塀や柱を上り下りし、梁から天井裏、屋根にいたるまで自在に移動する蛟体の翠鱗を、苻堅はたびたび見かけている。童子の姿で年少の使用人に紛れているところを目にすることも少なくない。しかしどういうわけか、翠鱗の存在は、他の人間の目や記憶には留まらないようであった。

翠鱗の言うところの『霊力』とやらで霞《かすみ》の術でも使っているのかと、苻堅は推測している。翠鱗自身は、苻堅と再会したときよりも霊力が高まっているという自覚はなく、『擬態』の技に磨きがかかったのだろうと考えていた。

兄を失い、母親にさえ信頼を置くことができなくなった苻堅にとって、地上の誰とも利害関係がなく、ただひたすらに自分の身を案じ、全身全霊をもって護ろうとしている異形の小さな獣が身近にいることは、いくらかは心の慰めになるのだ。

東の燕《えん》国と西の大秦《だいしん》の間に挟まるようにして、幷州一帯に三百を超える砦《とりで》を領有し、独立した勢力を誇る張平の軍閥は、華北《かほく》統一を目指す大秦にとって東方侵出の大きな障害物であった。そして同時にこの勢力の討伐は、大秦飛躍の足がかりでもある。

苻堅の率いる秦軍は関中《かんちゅう》を出て、幷州へと進軍した。

「張平は、もとは石趙《せきちょう》の石虎《せきこ》に仕えていた武将だが、趙が滅んだのちは我が秦に降って将軍職を受けておきながら、同時に燕にもすり寄りその藩国《はん》を称し、さらには晋《しん》に降伏して任官するという、蝙蝠《こうもり》のように反復常ない人物だ。いつまでも隣人として置いておきたい人間ではない」

本陣を張った丘の上から、これから攻め落とす城を指して、苻堅は翠鱗に説明した。

張平が占拠している幷州を取れば、大秦の領土は一気に広がる。苻堅の時代の幕開けとして、負けることのできない戦いであった。

大秦の軍は黄河《こうが》第二の支流汾河《ふんが》を遡り、銅壁の砦にいたってそのほとりで両軍がぶつかりあい、決戦となった。

幷州について翠鱗が知っていることは、一角がかれの聖王であった石勒《せきろく》と再会した太原《たいげん》や、短いながら平和な時を過ごした上党《じょうとう》、そして苛酷な放浪の時代を過ごした雁門《がんもん》、そして時代の寵児《ちょうじ》であった劉淵《りゅうえん》とその守護獣であった鳳凰の雛《ひな》の青鸞《せいらん》、さらに石勒の伴侶となったナランと出会った左国城などの思い出話だ。

一角と石勒の時代からすでに三世代が過ぎ去ったが、その同じ場所では相変わらず群雄が支配権を争い、戦い続けている。

――聖王の時代なんて、本当に来るのかな――

戦端が開かれて十日が過ぎても決着はつかず、ほぼ毎日のようにめざましく出陣しては、勇猛果敢に戦う敵将が苻堅の目に留まった。往年の苻生を思い出させる敏捷《びんしょう》さで突撃を繰り返し、大秦側の布陣を荒らしては損害を広げている。その怒声は遠くから俯瞰《ふかん》している苻堅の耳にまで届いた。

「あの敵将を生け捕りにした者には報賞を与える」

苻堅の下知を聞き届けた将兵は、標的とされた敵将へと殺到した。

馬を突かれて失っても徒《かち》で戦い続け、剽悍《ひょうかん》な動作で空馬に飛び乗っては大鉈《おおなた》のごとき長刀を振り回す。優れた体軀《たいく》に身軽な動作、疲れを知らぬ戦いぶりに、苻堅は側近に猛者の姓名を確かめさせる。

「あの戦いぶりであれば、張平がその武勇を愛して養子とした張蚝《ちょうこう》でしょう。もともとの姓を弓氏《きゅうし》とし、上党郡の出とされています」

苻堅のそばで戦局を見ていた王猛《おうもう》が答える。

「得がたい人材と思う」

華北だけではなく、中華全土を統一したい苻堅としては、優秀な人材はいくらでも必要だ。魏《ぎ》が蜀《しょく》を滅ぼし、晋が呉《ご》を征服して中華をひとつとしたのは、魏の曹操《そうそう》が敵味方にかかわらず集めた人材の宝庫を有していたからだ。

天下統一には、有為な人材を招いて蓄えることが肝要なのだ。

大秦側の将軍格と斬り合った末、張蚝《ちょうこう》は負傷したところを鄧羌《とうきょう》に捕らえられた。苻堅の前に連れてこられた張蚝は、思いがけず若々しい青年であった。血と汗と埃《ほこり》にまみれ満身創痍《そうい》ではあったが、連日の戦闘にかかわらず疲労の跡も無精髭《ぶしょうひげ》もなく、頰のつるりとした少年のような紅顔ぶりだ。

従える臣下のほとんどが年上で、その多くが親世代というなかで、いかなるときも隙を見せぬ君主という役目を一日中気を張ってこなす苻堅にとって、同世代かあるいは年下の将軍を配下に持てるということは、密かに心の浮き立つことであった。

気の合う人物であればと願いつつ、苻堅は張蚝と対話した。

「そなたの剛勇ぶりは素晴らしかった。将としても、十日ものあいだ士気を保ち、兵をよく用いた。今後は朕に仕えて、大秦の将来を支えてはくれぬか」

いままで命のやりとりをしていた敵と思えないほどの熱心な誘いに、張蚝は戸惑いつつもその寛容さに降伏を願い出た。

「養父の罪を赦《ゆる》して、取り立てていただけるのならば」

敗者が条件を出すことを、苻堅は厚かましいとは思わなかったようだ。屈託のない笑みを浮かべて「もちろんだ」と答える。

「養い親への孝行をも忘れない。有能なだけではなく、義に厚く孝に順《したが》う人物を迎えることは、無上の喜びである」

張蚝が明らかにほっとした表情を浮かべたのを、翠鱗は見届けた。この人間は大丈夫だと判断する。張蚝が苻堅の軍門に降《くだ》ったことで、戦意を失った張平も降伏した。

のちに張蚝の年齢を確かめさせた苻堅は、二十歳をとうに超えていると知らされて少しがっかりした。苻堅よりもずっと年上でありながらも、少年のような顎と肌を持つ理由は、かれが犯した不義の罪を償うため、自ら宦官《かんがん》になったからだという。

「体格に優れ、戦場でも遠くまで響く大きな声をしていた。宦官とは気がつかなかったな」

翠鱗の淹《い》れた茶を飲みながら、苻堅は驚きを込めてつぶやいた。

宦官は閹人《えんじん》とも呼称され、去勢されて不貞の許されぬ後宮で使役される男たちのことだ。張蚝は翠鱗が後宮で見かける、猫背で声の甲高い宦官とはずいぶん違う。

「子を生せぬ体となった宦官は、世間には蔑まれることが多い。だが、張平は張蚝の過ちを赦し、その忠節と技量を信じて全軍を預けた。将兵らも張蚝を慕って粘り強く戦った。出自や属性に偏見を持たずに、その人物の人柄と才能のみを評価して用いることが国を大きくし、安定させることだと自戒させられる」

　自分自身に語りかけるような苻堅の言葉は、翠鱗の耳に心地よく響く。偏見に打ち勝って隔てなく人を愛し、国を想《おも》う苻堅の人柄こそ、聖王の資質であると翠鱗には思えるのだ。

　苻堅の本陣が襲われず、命が危険にさらされることもなく、幷州の平定を無事に終えたことに、翠鱗は大いに安堵《あんど》する。しかし、戦勝によって苻堅が自信を回復したにもかかわらず、苻法の死によって明度の落ちた光暈が、輝きを取り戻す気配はない。苻堅を包む光暈をふたたび明るく輝かせるために、翠鱗は自分にできることを必死で考えた。

　なんとかして、苻堅の役に立ちたい。一角は人の世の政に干渉してはいけないと言っていた。しかし、我が子の成功を心から祈る苟太后の謀略が、苻法を陥れて結果的に苻堅の心に深い傷を残したことを思うと、苻堅の資質と性情、そして言動だけに注意を向けていては天命を果たすことはできない。

　翠鱗はいつしか、苻法の死を回避できなかった責任が、自分にあるように思い込むようになる。

　長安までの道のりを、山河の美しさを堪能《たんのう》し、周囲の群臣と上機嫌で語らいつつ帰る苻堅を見上げつつ、翠鱗は焦りを覚えた。

囚《とら》われた張平と張蚝《ちょうこう》は長安に連行されたが、三千戸を安堵されて将軍職に任じられ、さらに邸《やしき》を賜った。前年に降伏した羌族《きょうぞく》の姚萇《ようちょう》を揚武《ようぶ》将軍に任じたのに続き、苻堅は降伏した敵将を厚遇する姿勢を貫いた。


即位二年目にして華々しい戦績をおさめて河北《かほく》へと領土を拡張した苻堅は、いっそう内政に力を注ぎ、国の基礎固めに励む。戦没者の遺族には厚く手当を授け、長安の空気はかつてなく明るく、東西の流通はいっそう盛んになった。西の涼《りょう》からは駱駝《らくだ》を連ねた紅毛碧眼《こうもうへきがん》の隊商が、中原では採れない香草や香辛料、鉱物と貴石を運び込み、東からは燕の穀物と絹、南からは晋の工芸品がもたらされる。

翠鱗の目には、これから繁栄を極めていく疑いようのない大秦の未来が映る。

とはいえ、表面的には順風満帆と見えても、苻法と苻太后の例もある。

苻太后の長楽宮と、後宮を含む苻堅の宮殿群と大極前殿などの政庁を備えた未央宮《びおうきゅう》は、それぞれが二重の城壁に囲まれた独立した宮園で、楼閣をいただく大門からのみ出入りする。

しかし、それぞれふたつの宮園には城壁の下を流れる渠水《きょすい》が通っているので、翠鱗は城壁や大門を越えずとも容易《たやす》く泳いで行き来できた。

ふた月も過ぎたころ、翠鱗は将軍職でかつ丞相《じょうしょう》の李威《りい》が、苟太后の宮殿を定期的に出入りしていることをつきとめた。李威は苟太后の親族で、苻堅の父であった苻雄《ふゆう》の親友でもあった。苻堅にとってはかけがえのない師であり、朝廷における第一人者だ。

女官と宦官のみが仕えているべき太后の宮殿に、重臣が人目を忍ぶように通っていることは、人界の常識としては不都合なことではないだろうか。

その李威は、苻法の死んだ夜に苟太后に付き従って苻堅のもとに駆けつけたことを思い出し、翠鱗はきな臭い何かを感じ取った。苻法の死でもっとも得をした人間、苻法が舞台から消えてその地位を継ぎ、朝廷の権力を一気に掌握したのは、この李威に他ならない。

このふたりはふたたび、苻堅の望まない謀略を巡らしているのではと、翠鱗は慎重に推移を見守ることにした。李威は宮殿の奥深くまで上がることを許されているらしく、庭先や床下からでは、低い声で交わされるふたりの会話を聞き取ることが難しい。

苻生の治世当時から後宮に出入りしていた翠鱗は、人間は枕を交わす相手にもっとも重要な機密を分かち合うことを学んでいた。

ふたりの謀略を突き止めるため、翠鱗はついに苟太后の寝殿にまで忍び込んだ。耳を澄ますと、帳《とばり》の下りた寝台から密やかな話し声が聞こえた。しかし、会話はくぐもって内容が聞き取れない。

――帳を下ろしてしまえば、外に声が漏れにくくなるから、寝台は本当に密謀に適した場所だな――

この大秦の国家権力の中枢にいて、天王の苻堅でさえ逆らえないふたりが何を企んでいるのかと、翠鱗は慎重に床におりて、寝台の下に潜り込んだ。寝台の下ならば話し声が聞こえるかと期待したのだが、ときおり女性の切なげな押し殺した悲鳴と、男の激しい息づかい、女のか細い哀願らしき訴えが聞き取れる他は、寝台の激しく軋《きし》む音で人の声はかき消されてしまうばかりだ。

事後の会話は、互いの近況や朝廷と後宮の噂話を交換する程度で、陰謀めいた話題が持ち上がることもなく、他愛のない睦言と笑い声が漏れるばかりだ。

甚だ困惑しつつ、陰謀の詳細が突き止められないまま、やがて衣服を整え、こっそりと宮殿を脱けだしてゆく李威のあとをついていく。

この重臣が密かに長楽宮に出入りしている事実を苻堅にどう告げようか、いやもっとふたりの陰謀について詳細を摑んでからにすべきか、と翠鱗が悩んでいると、それどころではない事件が起きた。

それは外患のひとつを片付け、論功行賞で人事が大きく動いたときのことだ。建国に功績のあった氐族《ていぞく》の元勲《げんくん》らと、新進の官僚群との対立が表面化してきたのだ。

朝政において苻堅が漢族の王猛に諮らざることはないほどで、そのために元勲でも高位にある樊世《はんせい》が、公の場で王猛を罵倒した。

漢族による晋が滅び、その残党が南遷し、華北が匈奴《きょうど》の劉漢《りゅうかん》、劉趙《りゅうちょう》、羯族《けつぞく》の石趙に征服され、次に鮮卑《せんぴ》族の燕と氐族の大秦が領有するところとなり、五十余年が経過している。

いまや華北の主《あるじ》は夷狄西戎《いてきせいじゅう》の非漢族であった。かつて中華を支配した漢族は被征服民に成り下がり、胡人《こじん》の耕作奴隷と見做されていた。その漢族の没落貴族に過ぎぬ王猛が、戦功なくして国家の大権を握り、朝政全般の決議を裁定するのだ。特に氐《てい》族の功労者たちには我慢がならなかった。

二品の特進という自らの権威を笠《かさ》に着て、王猛を罵倒した樊世は、知恵者の王猛に軽く揚げ足を取られていなされ、逆上して殺害を予告した。

朝堂の梁上から、天井の色に溶け込んで朝議を見物していた翠鱗は、口の中でつぶやく。

「人間って、めんどくさいな。仕事なんて、上手にできてやりたい人間に任せておけばいいのに」

未明に参内して苻堅と議論し朝臣らと語らい、食事する時間も惜しんで午後遅くまであちこちの部署を飛び回り、休憩も挟まずに書類に埋もれて日没近くまで帰宅できない王猛よりも、過去の勲功によって位人臣を極めたいま、形式通りに朝廷に参内し、朝議を終えれば帰宅して家族とくつろげる樊世の、悠々自適な暮らしぶりの方が、よほど世人の羨望を集めるのではないか。

王猛の命を脅かす発言をしたことで、樊世は苻堅を激怒させた。

「いかに大功ありといえど、あの老人の思惑が国政を壟断《ろうだん》し、それによって政治の安定が妨げられるのでは本末転倒だ。生かしておいても害にしかならない」

旧功を誇って己《おの》が一族の繁栄と権勢ばかりを優先させる老臣が朝廷にのさばり、才能ある後進に圧力を加えていては、いつまで経《た》っても新しい時代の官僚制度を確立させることができない。

苻堅は自身が帰属する氐《てい》族の貴族が傲慢に振る舞い、他民族の官吏を辱めることがことさら我慢できなかった。樊世の斬刑を命じ、反対して王猛を非難する氏族らをも容赦なく罰した。

怒りに任せて自らの民を厳格に罰する苻堅のやり方が、果たして聖王として適《かな》っているのか、翠鱗には判定し難《がた》かった。身内のえこひいきが過ぎれば、諸族融和の目標は果たせないが、同族の結束なくしては政権を維持することはできない。

このあたりの人間の心の機微については、翠鱗の想像力では思いが及ばない。

その翌年も横暴な氏族の外戚が百姓の民を迫害したかどで、中書令と長安の行政長官を兼ねる王猛によって捕らえられ、死刑となり見せしめとして市に晒《さら》された。それを皮切りに、身分を笠に着て法を犯し、民を蹂躙《じゅうりん》する貴族や外戚、豪族らが容赦なく粛清された。

氏族の元勲とその一族でさえ、法と風紀を犯せば厳罰に処されるということが浸透するにつれ、群臣らは規範となる行動を心がけ、役人たちは不正を避け、庶民は道に落ちた物を拾って横領することさえしなくなっていた。

「長安の街は、掠奪《りゃくだつ》や暴行を怖れる必要がなくなって、笑顔の人が増えた。貧しい人も仕事を見つけて、孤児や身寄りのない病人への施しを横取りする役人もいない」

高位の官僚は車で城下を移動するので、庶民の暮らしなどに興味はない。下級の役人はむしろ、庶民にたかりむしり取る側である。治安対策や窮民政策が行き渡っているかどうか、貧民街も見回ってくる翠鱗の報告に、苻堅は満足げな笑みを浮かべて返した。

「王猛は私欲に惑わされぬ公正な人間で、正しく善悪を見極め、厳格に罪を裁くことのできる貴重な人材であるということだ。はじめのころは、裁きが厳正で刑罰が苛烈に過ぎるのではと注意したこともあったが、震え上がったのは不品行な連中ばかりだったから、結果的には良かったのだな」

　人望に優れた兄の苻法という大きな穴は、王猛の才能によって埋め合わされていったように翠鱗には思われる。月日が過ぎるうちに内政が安定し、外交は匈奴、烏《う》丸《がん》独《どく》孤《こ》、鮮卑などの異民族が和平の使者を長安に送り、苻堅に献上品を捧げ、あるいは大秦に降伏して移住を希望してきた。

　平和な日々が続き、数年が過ぎていく。

　政そのものに干渉する立場ではない翠鱗は、だんだんと退屈してきた。

　苟太后と李威の密会については、さりげなく苻堅の耳に入れておいたが、あれから大事に発展するようすはない。

　重臣が天王の生母の寝台にまで入り込んで、謀議を巡らせているらしいという翠鱗の証言を聞いたときの苻堅は、明らかな不快感と激しい嫌悪感を表した。

「そなたは、国母と大秦の重臣が不貞を働いていると言いたいのか」

翠鱗が見たこともないほど強《こわ》ばった表情で、苻堅は声を低くして問い詰める。

「不貞？」

苻堅の言動に怒りの波動を感じて引き気味になりつつも、翠鱗はきょとんとした顔で訊《き》き返す。

「不貞、って――」

翠鱗は目をぐるっと上目遣いに回して、脳内の人語帳をめくり、『不貞とは、配偶者がいながら、他の異性と性的な交渉を持つこと』という意味を引き出した。だが、苟太后は未亡人なのですでに操を守るべき配偶者はおらず、裕福な男は妻妾《さいしょう》を何人でも持てる人界の慣習によれば、苟太后と李威の関係は不貞にはあてはまらない。

翠鱗はいっそう混乱した眼差《まなざ》しで考え込む。

閨における謀議よりも、不貞の方が苻堅の逆鱗《げきりん》に触れる理由が、翠鱗にはわからなかった。

困惑し、苻堅の怒気を感じて怯《おび》える翠鱗に、苻堅は苛立《いらだ》ちを抑え込んで咳払《せきばら》いをする。苻堅以外の人間と接触を持たない翠鱗が、宗室の醜聞を漏らす心配はないことを思い返し、苻堅は改めて問いかける。

「母と李威は、具体的に誰かを陥れるという話はしていなかったのだな？」

袖の中でぐっと手を握りしめ、食いしばった歯の間から唸《うな》るようにして訊ねる苻堅からは、怒りと憎しみの気が放たれる。建国時からの重臣でかつ外戚の李威が、天王の生母と寝床をともにしているなどと、宗室の権威を失墜させる醜聞を暴露することはもちろん、厳罰に処することもできない。

「天井や床まで届くのは、笑い声とか泣き声ばかりで、ひそひそした会話はほとんど聞き取れなかったんだ」

苻堅に与えた装身具などの護符の効果であろうか。はらわたが煮えくりかえるような苻堅の怒りと苦しみが、翠鱗の臓腑をも焼き尽くす勢いで伝わってくる。肝心な情報は摑むことができなかった罪悪感で、翠鱗は身を小さくこごませる。そもそも、閨の睦言に、意味のある会話が為《な》されていなかったであろうという発想が、翠鱗にはない。

「苟太后と李威が、また苻堅の大事な人間を排除するんじゃないか、って心配だったから」

苻堅は呼吸を整え、それについては自分で調査をするので、以後は長楽宮とはかかわらないようにと翠鱗に釘《くぎ》を刺した。

「兄さんに代わる貴重な人材の筆頭は王猛と鄧羌だが、王猛を推挙したのは李威である し、鄧羌を引きずり下ろしたいと思う重鎮がいたら、私が断罪する。長楽宮の件については、翠鱗はもう何も心配するな」

渠水を伝って自在に長楽宮に出入りできる特技を有効に役立てる機会であったのに、苻堅はむしろ機嫌が悪くなり、いっそう母親の話題を憎むようになってしまった。

翠鱗としてはもっとも気合いを入れた仕事が評価されなかったことから、その後は朝廷の監視や長安の見回りに興味をなくしてしまった。もともと熱意があったわけではない書見にも身が入らない。気がつけば以前のように、未央宮で一番高い前殿の大棟に寝そべり、空を見上げる時間が増えていた。

このごろ、無性に一角と朱厭《しゆえん》に会いたいと思う。

自分の守護獣としての仕事は順調で、それ自体はよいことではある。だが、このままずることなくじっとしていると、鰲魚《ごうぎよ》のような置物になってしまいそうで不安であった。

鰲魚や螭吻《ちふん》は、もしかしたらかつて生きていたものが、守護すべきものを見守る他はすることもなく、長い時間じっと動かずにいたために、石や銅に変じてしまったのではないか。蛟の自分が人間に変じることができるのだから、長い時の果てには不変の鉱物に変身することも可能ではないか。

「君はいつからそこにいるの？」

前殿の棟の端に、横に大きく裂けた口を開いて長い顎に並ぶ牙を見せつけ、尾鰭を高く掲げて威嚇してくる青銅の鰲魚に近づき、翠鱗は話しかけてみる。返事をするはずがないのはわかっているのだが、その行動が誰かと、それも自分に近い生き物と話をしたいという欲求であるという自覚がなかった。

沈黙の威嚇を続ける鰲魚を前に嘆息した瞬間、翠鱗の背筋にビリビリとした刺激が走った。脊梁《せきりょう》に並ぶ五本の短い棘《とげ》がパチパチと火花を散らす。同時に、大きな影が翠鱗の上を通り過ぎた。見上げれば翼を広げた数羽《すうわ》の巨大な鳥が未央宮の上空を舞っている。

地上では人間たちが頭上を見上げて空を指差し、悲鳴や歓声を上げている。

大鷲や禿鷹《はげたか》よりも大きいという、物語や噂話に聞くばかりだった、実在するかどうかも怪しいとされる巨鳥の群れだ。

捕食される恐怖に、屋根裏に逃げ込もうと、とっさに大棟から飛び降りた翠鱗の前に、ひらりと青い巨鳥が舞い降りる。扇のように広がる長く青い尾羽は絹の艶を持ち、陽光があたると虹の光彩をきらきらと反射した。鶴に似た長い脚と首は、金属めいた光沢を持つ青く細かい鱗に覆われていた。その細く優雅な体軀は、肉食の猛禽ではないようだ。

額から後頭部へ伸びる細い羽毛は黄金の冠を思わせ、細長い弧を描く黄色い嘴《くちばし》の先端は鋭い。その嘴の上から青金石《ラピスラズリ》の色艶を帯びた二対の丸い目が、無感情に翠鱗を見下ろしていた。体長は六尺くらいで、大柄な人間の身長に等しい。翼をいっぱいに広げたら、左右の幅は十尺はありそうだ。

進退窮まった翠鱗は、さらに上空に舞う青い巨鳥に注意を払う余裕もなく、じりじりと後ずさる。こういう首の長い鳥は、蛇などを好物とする知識を思い出したのだ。翠鱗が人間であったならば、冷や汗が滝のように流れているところだろう。

――そうだ、人間に変化すれば！――

とっさの思いつきで、翠鱗は少年に姿を変えた。傾斜のある屋根の上で異形の鳥と戦うのならば、蛟の大きな顎と牙で攻撃し、鋭い爪と四肢で踏ん張る方が有利なはずであるが、なぜか人間の方がこの危機を免れると思ってしまったのだ。

その勘は正しかった。

目前の巨鳥がゆらりと空に溶けたかと思うと、広袖に曲裾の漢服をまとった女性が現れた。漢服は深く濃い青で、袷《あわせ》の衿《えり》は金糸の刺繍も眩《まぶ》しく、帯は空色の生地に金粉を散らしていた。曲裾袍《きよくきよほう》の下に重ねた裳《も》は、尾羽がそのまま錦の織物《おりもの》に変じたかのように、膝まで届く黒い髪とともに風に揺れている。

落ち着いた優しい女性の声が、薄桃色の唇から漏れた。

「心話が届かないから妖獣かと思ったけど、人に変化できる力と、その翠玉のような瞳は、もしかして一角麒《いつかくき》の養い仔の翠鱗かしら」

親しげな口調と、懐かしい名を耳にして、翠鱗は興奮のあまり訊き返す。

「一角麒を知っているの？　あなたは、誰？」

「わたくしは青鸞《せいらん》。あなたのことは一角麒から聞いています。未央宮の上空にさしかかったときに龍気が見えたものだから、行方知れずの蛟の子を思いだして、もしかしたらあなたかしらと思って立ち寄ってみたの」

一角麒が自分のことを忘れずにいてくれたことを知った翠鱗は、嬉しさに踊り出しそうだ。

「鸞《らん》、ということは、鳳凰の眷属？　あなたも霊獣なの？」

「鳳凰の雛といったところかしら。雛というには薹《とう》が立っているかもしれないけど、成鳥ともいえないわね」

翠鱗は頭上を舞う青い巨鳥を見上げて訊ねた。

「かれらも、あなたの眷属？」

「ええ、あの子たちは巣立ちしたばかりの雛なので、変化はできないのだけど。あなたは安定した人間の姿でいられるほど、霊力を蓄えているのね。西王母《せいおうぼ》の玉山《ぎょくざん》には無事にたどり着けたの？」

「あの――」

翠鱗は玉山のはるか手前の昆侖山《こんろんざん》にすら、たどり着けなかったことを告白できず、言葉につまる。だが、聖王の器を見つけ出したことは話そうと思った。しかし、それを遮るように上空を旋回する巨鳥が、空気を裂くような鳴き声を上げた。

いつの間にか、東門の楼閣に二羽の鸞が降りて羽を休めていたのを、上空の鸞が叱りつけているかのようだ。

「あらあら、若い雛が休憩と勘違いしてしまったようね。わたくしたちを珍しく思う人間が集まってきて、騒ぎになってしまいそうだから、もう行くわね。一角麒に会うことがあったら、あなたが元気そうだったと伝えておきます」

青鸞は小首をかしげて、艶然と微笑んだ。

地上では、大声を上げつつ走り回る人々がみるみる増えていく。青鸞は両手を広げて広い袖をはためかせると、屋根の端から足を踏み出した。翠鱗は慌てて駆け寄ろうとしたが、青鸞の落下は一瞬のことで、大きく広げた青い翼は風を拾い、人よりも大きな鳥は重力に囚われることなくふわりと宙へ舞い上がる。

「あ、待っ」

翠鱗は屋根の端まで追いかけた。

青鸞は青を基調とした極彩色の長い尾羽を優雅に広げ、たちまち高度を上げて上空で待つ眷属と合流する。東門の楼閣の屋根で休んでいた鸞の雛も、慌てたように翼をばたつかせて舞い上がり、群れを追いかけた。

青鸞と一角麒がどういう関係なのか、翠鱗は詳しく訊きたかった。自分の消息を一角麒に伝えてくれるつもりなのか、もしそうならば伝えて欲しいことがある――そういった思いが慌ただしく頭の中を駆け巡ったが、鸞の群れは瞬く間に空の高みへと上っていくつかの青い点となり、西の空へと飛び去ってしまった。

鸞の雛は群れで行動するのだろうか。翠鱗と一角麒は、物心ついたときからこれまで、自分と同種の獣や眷属に会ったことがない。地下に放置された卵から孵《かえ》り、親もなく自力で餌を求め生きることを知っていた蛟と違い、鳳凰や鸞は普通の鳥のように親が卵を温め、生まれたばかりの無力な雛のときは、餌を与えられなくては育たないのかもしれない。

空ばかり見ていた翠鱗は、眼下では人々が集まって空を指差し、屋根に残された翠鱗をも見つけて、ますます騒ぎが大きくなっているのを見て、我に返った。

変化を解いて蛟体に戻り、鱗にさざ波を走らせて瓦と同じ色に変えた。四肢をついて這うようにして移動すれば、屋根の上を移動する翠鱗を地上から見つけることはできない。

息を切らして自分の書院へ戻った翠鱗は、心身の疲労が激しく、しばらく動けなかった。

青鸞は上空から心話を送って語りかけていたが、翠鱗は聞き取れず反応しなかった、という。一角麒や朱厭とできたことが、見るからに霊格の高い青鸞とできなかったのは、どうしてなのか。

自分の種とか、霊獣とは何なのかとか、他の霊獣やその幼体の生態など、翠鱗はそういった知識をほとんど持ち合わせていない。

青鸞については、劉漢という国を建てた匈奴の王、劉淵《りゅうえん》の守護獣であったと一角麒からは聞いている。ならば劉淵が帝位につくのを見届けて天命を果たしたことになり、霊格はすでに神獣の域であろう。翠鱗は、人と鳥の両方の姿の青鸞を、代わる代わる思い出した。人間ならば三十路《みそじ》あたりの、優艶な女性だった。どちらの姿も美しかった。次に会ったときにすぐに思い出せるよう、まぶたの裏に焼き付けた。

翠鱗が夢心地でいるうちに、外はすでに夜の帳が下りていた。どれくらいの時間が過ぎたか、苻堅が息を切らして書院へ入ってきた。

「翠鱗！　鳳凰の群れを見たか」

榻《とう》に寝そべって微睡《まどろ》んでいた翠鱗は、飛び起きて人の形をとり、苻堅を迎える。

「見た。きれいだった」

「あのように巨大で美しい鳥は見たことがない。瑞獣と瑞鳥《ずいちょう》は本当に存在するのだな。いや、翠鱗が存在するのだから疑ったことはないが、鳳凰があそこまで美しく神々しい生き物であったとは想像したこともない。やはりあれは天の示した瑞兆《ずいちょう》なのだろうか。私が天下を治めることを、天帝が嘉《よみ》したということか」

すっかり興奮している苻堅を前に、青鸞たちはかれら自身の都合でたまたま長安の上空を通り過ぎただけで、たまたま翠鱗の龍気にひかれて降りてきたのだとは、とても言えなかった。

「鳳凰というか、鸞だったけどね」

控えめな翠鱗の指摘が、嬉しげな足取りで後宮へ向かった苻堅の耳に届いたかどうかは定かではない。

鳳凰が未央宮に集まり楼閣で休んだという現象は、朝廷をあげて瑞兆であると喜ばれた。大赦が行われ、官僚らは一斉にその位を上げ、苻堅はさらに内政に力を入れ、学問を励行した。

青鸞とその雛たちの偶然の訪れが、苻堅を地上の天子とする天帝の啓示ではないことを翠鱗はよくわかっていたが、黙っていた。朝廷の群臣と長安の人々、そしてやがてこの噂を耳にする大秦と周辺諸国の人々が、青鸞一行の気まぐれな訪問をそのように解釈してくれれば、翠鱗の天命が果たされる後押しにもなる。

もしかしたら、青鸞が自覚していないだけで、長安の上空を過ぎることは、本当に天帝のご意思であったのかもしれない。そのような想像をめぐらせた翠鱗は、ことの真相は決して誰にも言わないことにした。

第三章　台風震電

平穏のうちに季節が一巡し、翠鱗《すいりん》はただ見守るだけの日々に、自分はそのうち本当に石の置物になってしまうのでは、と思い始めていた。都のあちこちに置かれている龍や鳳凰、麒麟の彫像は、翠鱗のように人間を護る使命を帯びて人の世を見守っているうちに長い眠りについてしまい、いつか一事起きたときには国を護るため、息を吹き返して人々を救うのかもしれない。

そのような妄想に浸ってしまうのは、たったひとりの話し相手である苻堅《ふけん》とも、語り合う時間がほとんどなくなり、退屈を極めていたからでもあった。

翠鱗は退屈することはあっても、孤独を寂しいとは感じない。そういう感性をもともと具《そな》えていなかった。さもなければ、気の遠くなる時間を誰とも語り合うことなく、井戸の底で漫然と生きることなどできなかっただろう。

一角麒《いっかくき》や苻堅との出逢《であ》いはたしかに、翠鱗に新しい知識と経験をもたらした。世界は広がり、日々のめまぐるしい変化は刺激に満ちていた。井戸の底や古木の洞で孤独に生きてきた日々よりも、はるかに楽しい。だが、ふたたび誰とも語り合うことのない静かな日々に埋もれつつあるからといって、それを寂しいとか、苻堅や一角麒の関心を自分に戻したいとは思わなかった。翠鱗にとって孤独と退屈は苦痛ではなく、記憶に浸って微睡み、体験を夢の中で反芻《はんすう》できる時間でもあったのだ。

ただ、青鸞《せいらん》の訪れは、光をまとうもう一人の人物について、翠鱗の関心を向けさせることになった。

羌族《きょうぞく》のもっとも有力な首長として苻堅に仕える姚萇《ようちょう》のことを、翠鱗は忘れていたわけではない。ただ、三原の戦以降は苻生《ふせい》の廃位と苻堅の即位、苻法《ふほう》の死と、苟太后《こうたいこう》と李威《りい》の動向監視などのために、翠鱗の注意は未央宮《びおうきゅう》の内側に向いていた。

姚萇が未央宮に出仕する際には、群臣らを注意深く監視する翠鱗の目にその淡い光が常に映ってはいた。しかし姚萇は投降した新参者という立場を心得ているのだろう。朝廷においては目立った言動はなく、散発する紛争や反乱の鎮圧を命じられれば都を離れ、戦果を上げてくる。

守護獣もついていないようすでもあり、未央宮に参内することも少ない姚萇への興味は長いこと保留になっていたのだ。

次に姚萇を未央宮で見かけたとき、翠鱗は自分の心話が届くかどうかを試すため、梁《はり》の上から字《あざな》で呼びかけた。

——景茂《けいぼう》！——

姚萇が立ち止まり、あたりを見回すのを見て、翠鱗の心臓が跳ね上がる。頭を引っ込め、尻尾まで梁の上に沿って隠れていることと、天井の色に同化した自分は下から見えていないことを確かめた翠鱗は、眼下の姚萇をそっと見下ろす。

姚萇は二人の官吏と話をしていた。

先ほどの仕草が、翠鱗の声を聞き留めたためか、官吏に呼び止められたためなのかは判然としない。翠鱗は次の機会を待ったが、姚萇は顔が広いらしく、行く先々で高官から軍吏にまで声をかけられる。

苻堅との謁見を待つ間、姚萇はいまや将軍職に加えて尚書を兼任する鄧羌《とうきょう》と歓談していた。鄧羌は宦官将軍の張蚝《ちょうこう》や姚萇を伴って出陣することが多く、敗戦により大秦の臣下となった者たちの後見的な立ち位置を担っている。

かつての敵将を庇護しつつ、背反の機会を窺ってはいないか警戒、監視する役割を果たせる人材として、鄧羌は適任といえる。

——ぼくの出る幕じゃないな——

苻堅の率いる人材の層が充実していくのを実感し、翠鱗は肩の力を抜いた。

——この先、姚萇を守護する霊獣が現れでもしない限りは、ね——

翠鱗は針のような不安を胸の奥に押し込め、新鮮な空気を吸いに太極前殿の屋根へと移動した。

西の空が茜色《あかねいろ》に染まり、西側の長安城壁の向こうに日が落ちた。翠鱗は半睡状態のまぶたを上げて、今日も一日が平和に終わったことに安堵する。屋根から屋根へ飛び移り、宮殿から庭園へと伝い歩き書院へと戻る。

書院の奥に、灯《あか》りが点《とも》っていた。官奴が奥の間の祭壇に供え物を運ぶのは、日中のことなので、日没前後に出入りするのは苻堅くらいなものだ。

「文玉《ぶんぎょく》？」

翠鱗は少年の姿に変じて、苻堅に呼びかけつつ奥の間へ足を踏み入れた。背もたれと肘掛けのある榻椅子に腰かけていたのは、二十歳過ぎの赤毛の青年であった。

「背が伸びたね。翠鱗」

にこやかに話しかけてくる一角に、翠鱗は駆け寄り質問攻めにした。

「一角！　久しぶり。ぼくに会いに来てくれたの？　青鸞と話した？　どうやってこんな王宮の中まで入ってこれたの？」

「西安門から入って、歩いてきた」

一角は当たり前のことを聞かれたかのように、くすりと笑って答える。

「だって、門は閉まっているし、門番も衛兵もいるし。官服も着てない外の者が宮殿の中を歩いていたら、誰何《すいか》されて捕まって、牢屋《ろうや》に放り込まれるか、笞《むち》や棒で打たれて放り出されてしまう」

一角が訪ねてくるときは、青鸞のように空を飛んでくると、翠鱗は思っていた。だから翠鱗はいつも屋根の上で待っていたのだが、一角はまるきり人間のふりをして、堂々と長安の街を通り、未央宮の大門を通ってここまで来たという。

「麒麟体で都や王宮に出現したら、それこそ大騒ぎになってしまう。人の間では人として行動した方が安全だ。それに私は人間体でも身軽だから、宮殿の塀くらいは跳び越えられるし、人間に悟られないよう気配を消して移動するのは、翠鱗だけの得意技ではないよ」

言われてみればそうである。翠鱗は自分の見識の狭さに恥ずかしくなった。それに、神獣の一角は、出会った人間から自分に関する記憶を取り除く能力も持っている。

「翠鱗が見つけた聖王候補は、前に翠鱗を孤児だと思って世話してくれた苻堅だったようだね。かれの守護獣としてふたたび巡《めぐ》り逢《あ》ったのは、縁があったんだろう。聡明そうな少年だったけど、よい君主に成長しているのかい？」

一角の問いに、翠鱗は苻堅の為人《ひととなり》について詳しく語った。

「文玉の政治理念は兼愛主義なんだよ。みんながそれぞれ違うけど、みんなでひとつの国をつくろう、っていう。一角が守護した石勒《せきろく》の融和主義に似ているよね」

一角は顎を上げて天井を見つめ、古い思想の理念を思い起こす。

「『兼愛無私』――墨子《ぼくし》の思想だったか。儒教の『仁愛』は血縁内の家族を愛し尊重するもので、その範疇《はんちゅう》に入らない人間は公然と差別するものだけど、墨家の『兼愛』は血縁や宗族、さらには国家の違いを超えてすべての人間を愛し、須《すべか》らく平等に尊重すべきという――この解釈が正しいかどうかはよくわからないけど、世龍《せりゅう》の志よりも壮大だね」

石勒の胡漢融和策は、相互の差別を法で禁止し、争わないように努めるものであった。当時は漢族の優位が崩れつつあったが、まだ漢族対諸胡族という図式であった。

財力や軍事力を持つ漢族は江南《こうなん》に遷《うつ》った晋《しん》の朝廷に従って移動し、華北に残った漢族は没落して分断され、いまや黄河の領域に入り乱れる諸民族のひとつに過ぎない弱小勢力に成り下がっていた。たった二、三世代のうちにずいぶんな変化である。

「ただ、すべての人間が互いに平等になれるかどうか、ちょっと想像できない。利害や感情が行き違えば、親子や兄弟でも殺し合うのが人間だからね。仁愛でさえ実行できない人間に、兼愛を実現できるとは、思えない」

一角は苦笑を浮かべた。翠鱗は久しぶりに苻堅以外の知性と会話ができることに、胸底から喜びが湧き上がってくるのを感じる。

「文玉なら、できるんじゃないかと思う。文玉はね、『怨親《おんしん》平等』を実践しているんだ。敵を憎まず、味方をひいきせず、両者を平等に扱うことで、異民族の寄り集う国家をひとつにできると信じている。一角の言うとおり、人間は家族の間でも争うから、その理念を行き渡らせることはとても難しいことだと思う。いまの中華の人々はいろんなしがらみに縛られているから無理かもしれない。だけど、文玉が言うには、人々が農耕を始めたとき、灌漑《かんがい》の必要性を人々が理解していなくて、山を削って川の流れを変えるような事業が役に立つなんて、誰にも想像もできなかった。それで、そんな大変な労働なんか嫌だって、みんな反対したんだって。それでも、古代の偉い人は運河ができ上がれば、百年先の子孫が助かるって信じて事業をやり遂げた。そのできあがった運河は百年どころか何百年も経ったいまでも、人間たちの生活を潤している。文玉が変えようとしているのは河の流れじゃなくて、人々の考え方だ。自分たちの血縁しか大事にできない今の氏族《ていぞく》や諸族には理解できなくても、百年先の未来では出自にこだわらずに誰もが平等に暮らせる世界が、文玉には見えているんだよ。だから、投降してきた漢族や北族、西戎《せいじゅう》の首長たちをどんどん取り立てて、政に用いているんだ。民族の壁を取っ払ったから、いっぱい有能な人間が集まってきて、大秦《だいしん》はいますごく発展している。文玉なら百年、千年と続く、諸族相和した世界を実現できる!!」

翠鱗はいささか興奮気味になって、息が切れるまで説明した。さらに、これまで苻堅の軍門に降って、いまは政治と軍事の両方で活躍している羌族《きょうぞく》の姚萇《ようちょう》や、漢族でしかも宦官の張蚝《ちょうこう》がいかに有能であるかを自慢げに語った。

一角は少し不安げに眉を寄せて訊ねた。

「苻堅は氏族の長だったよね。異民族や被征服民族を重用して、氏族から反発はなかったのかな」

「うん。何人かの重臣を粛清しないといけなかった。でも、王猛《おうもう》っていう漢族の重臣が、罪人の出自や身分に関係なく公正な裁判を行ったから、最後には誰も文句を言わなくなった。王猛は不正が大嫌いなんだ。法の遵守については文玉よりも厳しいそうだよ」

翠鱗が誇らしそうに語ると、一角も声を出して笑った。

「有能な宰相がついたのか。なら、苻堅が天下を手にするのも時間の問題だね。その王猛が長生きするように、苻堅だけじゃなく王猛の守護もした方がいい。有能な人間ほど、生き急ぐ傾向がある」

一角は奥歯が痛むかのような、苦い笑みを浮かべた。

「そういえば、朱厭《しゅえん》はいっしょじゃないの？」

かつて玉山を目指す途中で秋が終わり、寒さで動けなくなった翠鱗は、旅を中断して冬眠に入った。朱厭とは一冬だけ離れるつもりであったのに、それから何年も再会できずにいる。春に迎えにきたときに、翠鱗が冬ごもりしていた村が更地《さらち》になっていたのだから、きっとひどく心配したことだろう。

「朱厭は翠鱗の無事を聞いて、喜んでいたよ。山のことが忙しくて連れてはこれなかったけど。最近は膝が痛いとか、指が曲がりにくいとかで、遠出を嫌がるんだ」

「病気？」

翠鱗は心配になって訊ねる。

「いや。老いてきたんだろう。人間でも、老人は腰が曲がったり、関節が固まってしまったりするだろう？　朱厭は人間よりは長生きだけど、私たちよりは短命だから」

一角の『私たち』という言葉に、翠鱗は瞬きをした。

翠鱗は自分が霊獣の幼体なのか、龍ならざる妖獣の類いなのか知らない。知る術《すべ》がない。一角のようにはっきりと麒麟の特徴を持ち合わせていればともかく、龍に似た生き物の伝承が多すぎる。どれだけ長く生きるか、あるいは天命に挑戦し、どこまで霊格が上がるかによって、自分の正体を知ることになるのだろう。

自分が何ものであるか知らないまま生きることは、ときに翠鱗をひどく不安にさせた。だから、一角が翠鱗を霊獣の幼体と考えていると知って、翠鱗は少し幸福な気持ちになれた。

「それにしても、朱厭と別れてから十年？　いまもまだ玉山への道のりのどこかか、あるいはもう玉山に至って修業でもしているのかと思っていたから、翠鱗を長安で見かけたって青鸞から聞いて、びっくりしたよ」

一角は、自分のときは山を降りてから玉山に至るのに、二十年近くかかったからと言って恥ずかしそうに笑った。

「それも苻堅の即位前に長安にいたってことは、ひとり旅でも順調に玉山を見つけることができたんだね。すごいな。翠鱗のいる場所には龍気が立っていたと青鸞が言っていたからずいぶんと成長して力をつけたんだな、って嬉しくなったよ。それで、西《せい》王母《おうぼ》はどんな風に翠鱗を迎えてくれたのか、教えてくれるかい」

一角の問いに、翠鱗の口は急に重くなった。

「あの、西王母には会えなかった」

一角は驚きに目を見開いた。口もぱくぱくさせたが、言葉も見つからないようだ。

翠鱗はおずおずと真相を告白する。

「冬眠しているところを、苻堅に掘り出されたんだ。それでそのまま長安に。でも、ほら、苻堅って光暈に包まれているよね？　だから聖王になる人に拾われたのは、きっと西王母のお導きじゃないかって、思って」

現実問題として、長安から玉山までの道のりを翠鱗が知るはずもない。一角は人界に下りてから、石勒と出会うまでの旅がいかに苛酷であったか、すっかり忘れていた。

「ああ、ごめん。朱厭とはぐれたと聞いてすぐ、捜しにくるべきだった。少なくとも、迷った地点から玉山への行き方を示すことはできただろうに」

西王母の棲む玉山には、自力で辿《たど》り着《つ》かなくてはならない。それが霊獣の幼体から一足飛びに神獣へと霊格を高めるための、最初の試練であったはずだ。

「ううん。一角にも、山神の務めがあるんだから」

翠鱗は遠慮がちに応える。人界に紛れ込んでしまった翠鱗を捜し出すのは、一角にとっても、藁束《わらたば》の中に一本の針を見つけるようなものであったろう。

一角は気難しげに指を口元に当てて考え込む。西王母と会わずして聖王を守護したとして、それは天命を受けたことになるのだろうか。

「いまからでも遅くない。玉山を目指して西王母に会い、何が翠鱗にとって真の天命であるか、確かめた方がいい」

翠鱗は思わず反駁《はんばく》した。

「でも、いまぼくがここを離れたら、誰が文玉を護る？　かれは敵を赦し、民を分け隔てなく愛する本物の聖王だよ。かれがあと五十年生きれば中華は統一され、この世界から争いはなくなる。いまから西王母に会いに行っている間に、文玉に危険が迫ったらどうするの？」

「確かに、翠鱗と苻堅の二度の巡り会いは奇跡的だと思うけど、天の意思かどうかは知りようもないし、西王母が翠鱗の存在を知らなければ、君の努力も働きも、天帝には届かないかもしれない。やはり、今からでも玉山を訪ねるべきだと思う」

一角は真摯に勧めたが、翠鱗は玉山を目指すことに同意しなかった。

慎重な行動をするようにと説得を試みる一角にしても、天地のことわりと人界とのかかわりを完璧に理解しているわけでもない。しかし、もし一角の考えが正しかったときのことを思えば、翠鱗の将来の芽を摘んでしまう可能性を怖れずにはいられなかった。

一角の意図も理解しながら、翠鱗は助言に従う気持ちになれずにいる。

「長安を離れている間に文玉に何かあったら、ぼくは一生後悔する。それが天命であろうとなかろうと、ぼくは文玉が聖王の道を進むのを見届けたいんだ」

頑固にそう言い張る翠鱗に、一角はそれ以上の説得をあきらめた。人外の翠鱗が苛堅に執着しているのも気になったが、これぱかりは、他者が強要できるものではない。

「じゃあ、これからは時々ようすを見にくるよ」

すっと立ち上がった一角に、翠鱗は驚いて袖にすがった。

「もう行くの？　もっと話をしたい。聞きたいこととか、話したいことがいっぱいあるんだ。えっと、すぐには思いつかないけど——」

「誰か来る」

聴覚の鋭い翠鱗だが、近づいてくる外の足音に気づかぬほど、一角との会話に夢中になっていたらしい。足取りの癖を聞き取るまでもなく、この時間に書院を訪れるのは苻堅しかいない。一角をどう紹介したものかと翠鱗があたふたしている間に、一角は扉から見えない側の窓からするりと抜け出してしまった。

扉が勢いよく開かれ、苻堅が部屋に入ってきた。

「翠鱗！ 出陣するぞ」

「出陣？ 文玉が？」

「そうだ。燕《えん》が昨年の秋から洛陽《らくよう》を攻略していたのだが、とうとう陥落せしめたという報《しら》せが入った。しかもその勢いで我が領土の澠池《べんち》を侵し、崤山《こうざん》の境に達したという。崤谷《こうこく》を抜かれたら函谷関《かんこくかん》は目の前だ。私が自ら陝城《せんじょう》に出向いて侵攻に備える」

黄河の南岸に位置する洛陽は、周《しゅう》、後漢、曹魏《そうぎ》、西晋《せいしん》の都が置かれた中原の古都だ。石趙《せきちょう》が崩壊し冉魏《ぜんぎ》が滅んだのちは、大燕と大秦、そして江南の建康《けんこう》へ遷った晋の三国の境界に位置する係争の地であったが、これより九年前に桓温《かんおん》の北伐により、晋の領有するところとなっていた。

大燕は苻堅が誕生した前年に、遼東《りょうとう》を本拠とする北族のひとつ、鮮卑族《せんぴぞく》の慕容皝《ぼようこう》が建てた国だ。正式名称は大燕であり、第三代皇帝の慕容暐《ぼようい》が支配する現在は、石趙の領土を併呑《へいどん》し、趙の都であった鄴《ぎょう》を首都としている。東は高句麗《こうくり》と境を接する平州《へいしゅう》から北は幽州《ゆうしゅう》、遼東半島《りょうとうはんとう》と山東半島《さんとうはんとう》で渤海湾《ぼっかいわん》を囲み、南は淮水《わいすい》を境として晋と対峙《たいじ》し、西は大秦とにらみ合っている。領有する国土の広さでは、大秦をしのぐかと思われる。

その慕容暐が洛陽に兵を進めさせ、西方へと領土の拡張に着手したらしい。

「燕の主将は太宰《だざい》の慕容恪《ぼようかく》だ。わずかな隙も見せられぬ」

苻堅は頰を紅潮させながらも、緊張のためか拳を握りしめ、顎に力を入れて言った。

「その人、強い武将なの？」

翠鱗は近隣国の皇族と朝臣、将軍の一覧を記載した書籍の棚へと駆け寄る。燕の記録をいくつか選んで書見台に広げた。

慕容恪は字《あざな》を元恭《げんきょう》といい、燕の初代皇帝の四男で、現在の皇帝の叔父にあたる。

「元恭は燕三代の皇帝に仕えた宰相で、負け知らずの有能な将軍だ。当代一の英雄と言っていいだろう」

苻堅は頰を紅潮させて、あたかも慕容恪を称《たた》える口調で話し始めた。

「趙の石虎《せきこ》が幽州に送り込んだ十万の兵を、わずか数千の兵で敗走させ、遼東に攻めてきた高句麗の軍を繰り返し撃退して城を奪い、さらに北東の扶余《ふよ》を征伐し、その王を捕らえた。その後は西へ転進し、対立する鮮卑宇文部《うぶんぶ》を漠北《ばくほく》へ追いやり、燕の領土を千里は広げた。また、石趙を乗っ取った猛将の冉閔《ぜんびん》と死闘を繰り広げて、これを滅ぼした。つまり今日の燕を築き上げた柱は、元恭《げんきょう》であるといえる」

古今の傑物と英雄をこよなく愛する苻堅は、自国の将軍を自慢するように、広げた両手を上げ下げして熱心に説明する。

羌族の姚萇を麾下《きか》の将軍に加えたように、慕容恪《ぼようかく》も自国の臣下にできたらと、夢想しているのかもしれない。そう思った翠鱗の問いに、苻堅は熱を孕《はら》んだ面《おもて》を横に振った。

「そうできればよいな。だが元恭は稀代《きたい》の忠臣でもある。燕の先帝が病を得たとき、息子の暐《い》が幼いのを案じて、弟の元恭に帝位を継ぐように言ったが、元恭はあくまで臣下にとどまり幼帝を補佐することを誓った。先帝の死後、群臣は元恭が位を継ぐことを望んだがそれを拒んだ。暐が即位したのちも元恭に帝位を取るようそそのかす佞臣や皇族はあとを断たなかったが、みな退けるか、あるいは誅殺《ちゆうさつ》したという。皇族間の権力闘争が国を滅ぼすことを真に理解し、避けることに心を砕いた、賢明な人物なのだな。そして幼帝を護《も》り守り立てて燕をここまで大きくし、ついに洛陽を陥落せしめたというわけだ」

苻堅と王猛と鄧羌《とうきよう》の、理想と才知と武勇を一人で実現しているような人物だな、と翠鱗は考えたが、口にはしなかった。代わりに素直な相槌《あいづち》を打つ。

「そんなに忠義に厚くて、一族の和を大事にできて、それで戦争にも強くて、政《まつりごと》も
ちゃんとできるなんてすごいね」

感心する翠鱗に、苻堅はふっと無表情になった。目を伏せ、悲しげな空気を漂わせる。兄の苻法《ふほう》のことを思い出したのだろう。兄弟の情が正しく保たれていれば、国は盤石の強さを発揮する。失われたものの大きさを改めて思い返したのか。

「でも、文玉には王猛がいる！　弟たちも賢く強くなってきたことだし」

苻堅はにこりと微笑み、それから少し憂いを含ませた目つきとなる。

「そうだな。前線を経験させるためにも、弟たちを連れて行こう」

意気揚々と出陣する苻堅について、翠鱗もまた小姓に扮《ふん》して陝城《せん》に詰めた。

卓越した実力で名声を馳《は》せる慕容恪を相手に防戦する可能性に、緊張と興奮を隠さない苻堅であったが、幸か不幸か、燕軍は崤山《こう》を越えて陝城へ攻め入ることはなかった。慕容恪は弟の慕容垂《ぼようすい》に兵を与えて洛陽を護らせ、自らは燕の主力軍とともに首都の鄴へと凱旋《がいせん》した。

「結局、出陣はありませんでしたね」

苻堅の弟たちが城壁を散策しつつ、残念そうに会話を交わすのが、胸壁の上でひなたぼっこをしていた翠鱗の耳に届いた。翠鱗はわずかに顎を上げ、三人の青年が東の彼方《かなた》を眺めやりながら交わす言葉に耳を傾ける。

「戦が起きなかったのは悪いことではない。まして燕兵が戦神とも崇《あが》める慕容恪に率いられた鮮卑族の精鋭に、関中まで攻め込まれては、こちらの損害も計り知れない」

並んで歩いているのは、三弟の苻融《ふゆう》と末弟の苻忠《ふちゆう》だな、と翠鱗は観察する。年の若い、まだ少年めいた面差しを残して、手柄を挙げる機会がなくなったのを惜しんでいるのが忠、慎重論で弟を諭しているのは融であろう。その後を少し離れてついてくるのは、次弟の苻双《ふそう》だ。

苻双と苻融は、苻堅とは同母の兄弟で、末弟の苻忠はひとりだけ母親が違う。まだ成人して間もない若々しい顔を夏の陽射《ひざ》しに紅潮させて、兵書の学びと鍛錬の成果を発揮できなかったことをぼやく苻忠に、苻融は屈託のない笑い声で応え、すぐに次の機会が巡ってくると請け合っている。

戦を体験できなかった残念さを、忌憚《きたん》なく語り合っている弟たちの会話には興味を示さず、苻双は距離をとって城壁の東の彼方を眺めている。

苻双が弟たちから距離をとっている理由を、翠鱗は難なく察している。苻双は昨年の秋に、従兄であり先帝の弟であった苻騰《ふとう》の叛乱《はんらん》に加担したのだ。苻堅は苻生《ふせい》を排除して即位したのち、苻生の弟たちを連座させることなく封公した。

しかし、皇統が叔父の血統に移ったことを快く思わなかった苻騰は、弟の苻柳《ふりゅう》と叛乱を企み、従弟の苻双を引き込んだ。叛乱はすぐに鎮圧され、主犯の苻騰は誅殺されたが、苻柳と苻双は赦された。

苻堅は弟の趙公の地位と征西《せいせい》大将軍の称号を剝奪することもなく、三州の諸軍事と雍州《ようしゅう》刺史の官職もそのままに、双の罪を不問にした。それは肉親の情と、苟太后《こうたいこう》への配慮に他ならないのだが、当の苻双はそのことに感謝しているようすはない。

こうして両親を同じくする弟と行動をともにし、話しかけられても、上の空で気乗りのしない相槌を返すだけだ。

翠鱗は苟太后が生《な》さぬ仲《なか》の苻法に確執を抱え、死に追いやったことを思い出し、苻堅の家族関係に積極的なかかわりをもってこなかったことを後悔した。

一角は石勒の家族や側近たちとともに暮らし、語り合い、年を取らない不思議を疎まれて排斥されることはされなかったという。どのようにして人々に自身の存在を納得させたのか、よく訊いておけば良かったと思う。

翠鱗は滅多に人の姿で人前に出ることをせず、苻堅とだけ言葉を交わし、時間を置いて必要があるときにだけ、そのたびに新しい小姓の顔をして公の場に出ていくのだ。人目のある陣中でも、苻堅に仕える小姓姿の翠鱗に、注意を向ける人間はいない。人の姿でいるときも、蛟体のように周囲に溶け込んで気配を消す力を発揮できるようになっていた。

だがそのために、王宮における翠鱗の存在は、幽霊よりも実在性がない。翠鱗と直接口を利いたことのある人間は、かつて苻堅の近習《きんじゅ》を務めていた長児《ちょうじ》のみであったが、長児も成長してそれなりの職位を得てのちは、宮中で翠鱗とすれ違っても気づくことはなかった。長児にしてみれば、かつて出会った翠色の瞳をした子どもは、すでに十代後半の青年になっているはずであり、似たような子どもを見かけても同一人物だとは思わなかったことだろう。

翠鱗にしても、すでに壮年となっている長児を、何百という群臣や官吏の中から見分けることは難しくなっていた。

苻堅の他は誰一人として、翠鱗が王宮に存在して大秦の天王を見守っていることを知らない。苻堅が信頼している宰相の王猛も、翠鱗という守護獣の存在を知らないのだ。石勒の家族や寵臣の張賓《ちょうひん》が、一角の存在を知っていたのとはずいぶんと事情が違っている。

瑞獣として、その存在を公にする機会を逸してしまった上に、いつまでも成長しない子どもを、不吉に思う人間の方が多いという現実を慮《おもんぱか》ってのことであろう。苻堅は身近な人間にも、蛟を養育していることは話していなかった。近隣から献上されてくる珍獣や、遠方の希少な鳥獣を集めた庭園が長楽宮にあり、人々の目を楽しませているというのに、もっとも世に珍しい瑞獣である翠鱗の存在は、秘密にされている。

人に変化し知性を備えた翠鱗を見世物にしたくない、という配慮もあるのだろうが、伴侶である皇后や、王佐として最も信頼する王猛にも秘密を打ち明けない真意は、翠鱗には見当もつかなかった。

鳳凰の群れが長安の空を乱舞したときの、人々の歓喜の声を思い浮かべると、苻堅の君主としての聖徳や、大秦の繁栄を国の内外に示す瑞祥《ずいしょう》として、動く玉石のような蛟龍《こうりゅう》の存在は、有効なのではないかとも思えるのだが。

すでに一国の君主となった苻堅には戦場に命を晒す危険もなく、こうして遠征に来ていても、長安の宮殿にいるのとあまり変わりがないのが、翠鱗にとってはいささか物足りない。せめて置物としてでも皆の目を喜ばせ、苻堅の権威に箔《はく》をつける瑞祥としてでも、役に立ちたい。

――一角みたいに、聖王の役に立てることなんか、なにもできていない。文玉以外の人間ともかかわっていれば、やることがもっとあって、もっとうまく立ち回ることもできたかもしれないのに――

翠鱗が人間の姿だったら、下唇を噛《か》んで拳を握りしめたことだろう。今は城壁の色に溶け込んだ蛟の形態で、心離れた兄弟たちを見守るばかりだ。まるで、鰲魚《ごうぎょ》のように、城壁の一部になってしまったような気もしてくる。

このころの翠鱗は、自分が生きて存在していることを隠し続けることが、苦痛になりつつあった。

翠鱗はそっと体を起こした。城壁を降りていく兄弟のあとをつけて、弟たちと別れてひとり歩きだした苻双のあとを追う。

――苻双からは不穏なにおいしかしない。文玉には言っておいた方がいいけど、ぼくを信じてくれるかな――

不安な気持ち抱える翠鱗だ。

苻騰の叛乱のあと、苻生の弟のうち、反抗的な五公を誅殺すべきという王猛の直言を、苻堅は却下した。初代皇帝の苻健《ふけん》を敬愛していたことと、父苻雄《ふゆう》と伯父の深い信頼関係を神聖視しすぎるあまり、伯父の血を引く従兄弟《いとこ》たちを殺すことをためらったのだ。苻生を廃帝にして殺害したことから、本来なら皇位を継承する資格のあった従兄弟らに対する罪悪感も、あったかもしれない。とにかく、苻堅は冷徹に未来の禍根を断つことができなかった。

苻健の子はすでに鬼籍に入った皇太子の苻萇《ふちょう》、第二代皇帝の苻生、そして前年に謀反で処刑された苻騰以下、全員で十二人もいる。そのうちの五公が明らかに叛意を抱いているとしても、かれらをすべて処刑すれば、残りの四人も自らを窮鼠《きゅうそ》と感じて謀反を企むかもしれない。

そうした不安要素を考え抜くまでもなく、氐《てい》族が一丸となって大秦の建設に当たれないものかと思い悩む苻堅の胸の内を、翠鱗はよく理解していた。おそらく、王猛よりも正確に。

苻双を尾行していた翠鱗は、やがてこの苻堅の同母の弟が、人目を憚るようにして兵装の男数人と話し込む現場を目撃した。翠鱗の鋭い耳は、苻双が兄の動向——しばらく長安には戻らず、東と北方面の客城を巡察し、燕と匈奴《きょうど》への備えを激励して回る予定——であることを教えているのを捉えた。話し相手の顔は翠鱗の記憶にはなく、その身なりと発音から、秦人《しん》であることだけが察せられた。

翠鱗は急いで苻堅のもとへ戻り、苻双が秦軍の動向を誰かに漏らしていることを伝えた。

「双と通謀している者が誰であるか、明らかにすべきであるな」

母を同じくする弟が、ふたたび自分に背くことなど、考えたくもなさそうに苦い面持ちで苻堅はつぶやく。弟と従兄弟が自分に対して謀議を企てているのならば、肉親の情は断ち切って極刑を科さなくてはならなくなる。私情を挟むことは許されない。

王猛の進言どおり、不穏の芽は摘んでおくべきだったと言う者も出てくるだろう。

しかし、苻堅が裏切りの証拠を集めさせて弟を糾弾する時間はなかった。

盛夏のさなかに、黄土高原《こうどこうげん》を本拠とする匈奴の鉄弗部《てつふつぶ》が攻めてきたのだ。苻堅は長安に帰還する暇《いとま》もなく軍を北に向け、討伐に向かった。

匈奴の左右の賢王《けんおう》に烏桓族《うがんぞく》も結束したため、苻堅はそれぞれの城砦《じょうさい》へ持てる精鋭を次々に投入し、自らも督戦に励んだ。

匈奴の劉衛辰《りゅうえいしん》は苻堅によって左賢王に任じられていたが、毎年のように離反と降伏、あるいは対立と和解を繰り返していた。衛辰にそそのかされた右賢王の曹轂《そうこく》は弟を討たれて降伏し、劉衛辰も鄧羌《とうきょう》によって捕縛されてしまう。烏桓の首長は斬殺され、大秦にまつろわぬ北族は黄河の北へと散っていった。

急速に秋の深まる北の朔方郡《さくほうぐん》を巡察してまわり、胡族を按撫《あんぶ》する苻堅のもとへ、未央宮の留守を預かる李威《りい》から急報が届いた。苻生の弟五公のひとり、淮南公苻幼《わいなんこうふよう》が長安を襲撃したという。李威はこれを返り討ちにして鎮圧し、斬殺したとのことであった。

何食わぬ顔で主君の実母と不貞を働いている李威ではあるが、政治面では忠実に職務をこなし、法を枉《ま》げて私腹を肥やすこともしない重臣である。その裏の顔を知る前に皇太子の後見人に任じた以上、名代として長安の留守を見事に守り抜いた李威の罪を、苻堅は表立って糾弾することはできない。

長安への、李威の功績を称賛する書を綴《つづ》る、苻堅の手付きが重たげな理由を、翠鱗だけが知っていた。

苻堅は巡察中も弟たちをそばに置き、大秦がオルドスの黄土地帯を領地に組み込み、これまで漢も晋も、そして趙も征服できなかった鉄弗部の民を従えたことを強調した。

「いま、大秦の威光は黄河の最北部、朔州《さくしゅう》にまで及ぶ。我々は一致団結してこの国土を維持しなくてはならない」

そう断言する兄を、三弟の融と末弟の忠は憧れの目で見上げて大きくうなずく。苻双は兄と似通った面差しではあるが、顎のあたりは他の兄弟よりも精悍《せいかん》で、顔は日焼けしていた。高貴なたたずまいに、どこか虚無的な表情が似合う。兄の演説を聞き流し、口元に温かみの欠ける笑みを浮かべ、茫漠《ぼうばく》とした黄土の原野へと視線をやった。

その苻双の意志の固そうな横顔を、苻堅はさりげなく窺う。

巡察中の苻双の動きを監視していた翠鱗は、苻双が絶えず行軍の予定を、どこかへ報せていたことを摑んでいた。淮南公の苻幼が主君不在の長安を襲撃したのは、この次弟が従兄をそそのかした結果ではないか。

同母の弟がいまでも従兄弟たちと内通しているという疑いは、ますます深くなっていた。

就寝前の枕元に這い上がってきて、置物のように鎮座する翠鱗に苻堅が話しかける。

「同じ両親から生まれた兄弟なのに、心が通じず、志を理解してもらえないとは」

「苻双のこと？」

「双は、昔から私よりも従兄弟たちと遊ぶのが好きだった。私が法兄と机を並べて学問を修め、武芸を鍛えるのを、距離をとって見ていたところがあった」

物憂げに昔語りをする苻堅の声を、翠鱗はぼんやりと聞き流す。

「柳が私を恨み、謀略を巡らすのはわかる」

苻堅は従弟の名を上げた。

「柳は伯父上の八子ではあったが、強《きょう》太皇太后にもっとも愛され、萇《ちょう》皇太子の没後は皇太子に推されていたのだ。生兄が即位しなければ、いまごろ皇帝になっていたのは、私ではなく柳であった」

巡り合わせの苦さを思う。苻生の暴虐を止めるため、地位と命をかけて決起したのは、苻柳ではなく、苻堅であった。だから、行動を起こさなかった苻柳が、現状を恨むのは筋違いである。その一方で、政局に積極的に関わってこなかった弟の双には、実兄に対して不満を溜《た》めたり、陰謀を巡らす理由も資格もない。

同母弟を処罰する未来から目を背け、苻堅は嘆息とともに憂いを吐き出した。

「苻双を見張っておこうか」

翠鱗の提案に、苻堅は一呼吸おいて苦笑を返す。

「その必要はない。双の監視は熟練の間者にさせる。巡察中は特に人目につきやすい。王宮と違って、危険も多いから、あまり私から離れるな」

苻堅は翠鱗の艶やかな翠の額を指先で撫《な》で、顎の下の逆立った鱗を避けて喉の柔らかな部分を撫でた。ひんやりと濡れたような感触だが、放した指は乾いている。

翠鱗は目を細めた。温かな苻堅の手で撫でられるのは嫌いではない。人間の手はみなこのように熱を帯びているのか、試したことはないが、おそらくそうなのだろう。だから人間はすぐに泣いたり怒ったり、熱に冒されて殺し合ったりするのかもしれない。この日の苻堅の手がいつもより熱かったのは、弟の本意を気に懸けていたからだろうと、翠鱗は推測した。

匈奴を服従させたのち、苻堅は長安へと帰還したが、こんどは地震が起き、さらに天候が荒れて災害が続いた。天意を気にする苻堅は、いつもより頻繁に翠鱗の書院を訪れて、天譴《てんけん》について相談していったが、翠鱗にはなんとも答えようがない。

蝗害《こうがい》や旱魃《かんばつ》などの天災は、為政者に対する天の怒りであるとされている。それが本当ならば、晋末に八王の乱を許して、国を崩壊させた暗愚な恵帝《けいてい》の時代には、天変地異が連続して起きていたであろうし、暴虐で臣民を苦しめていたという石虎や苻生の時代には、人口が半減するくらいの地震や飢饉《ききん》に見舞われていなくてはならない。

ただ、二州にまたがって、大地が割れるような甚大な被害の出た地震ともなれば、苻堅や群臣はもちろん、土地の恵みに頼って生きる一般の庶民たちにとっては、旱魃や水害のときよりもさらに恐ろしく天意を感じるものかもしれない。

翠鱗は苻堅を安心させようと、言葉を選ぶ。

「天意については、ぼくにもわからないんだけど、ぼくは文玉の聖徳を信じているよ。ここに来て、ぼくの霊力はとても安定している。文玉のお蔭だ。ぼくの目にはね、文玉はいつも光の暈《かさ》に包まれているように見える。出会ったときからそうだ。その光は強くなったり、淡くなったりするけど、消えることはない。これって、聖徳の質が輝いているんじゃないかと、ぼくは思う。天災については、被害に遭った民を顧みて慰め、救済を心がけていれば、大丈夫じゃないかな」

苻堅は口元に微笑を漂わせて、何か言おうとしたが、思い返して翠鱗の頭を撫で、双角の先端と脊梁の突起にそっと触れた。瑞獣の神秘について明らかにすることは、かえってその神聖を冒すことのように思われたのかもしれないし、天災についての助言は、君主として為すべき政策としては、しごくまっとうなことであったからかもしれない。

その年の暮れには羌族の一部が秦からの離反を図り、隴西《ろうせい》で自立を図る勢力と合流して反乱を起こした。その騒乱に涼の張天錫《ちょうてんしゃく》が乗じる形で攻め込んできたため、苻堅は王猛に反乱軍の討伐と涼軍の撃退を命じた。

ひとつの戦いが終わると、別の場所で他の戦いが始まる。涼との決着がおおよそついたときに、こんどは内乱が勃発した。

王猛が危険分子として予言した苻生の弟五公のうち、すでに誅殺された苻幼をのぞく三公に苻双が加わり、長安を包囲するかたちで苻堅に背いたのだ。身内としての温情を込めた改悛《かいしゅん》の説得に応じない従兄弟と弟に、苻堅は苦渋の決断を下さなくてはならなかった。

皇族同士が争い、秦兵同士が殺し合う。四囲の敵につけ込む隙を与えてしまう内乱こそ、もっとも怖れるべき国家存亡の危機であった。

長安のすぐ近くで繰り広げられた内乱を鎮圧するのは、苻堅側としても決して楽な戦いではなかった。だが、大秦を強国にした鄧羌たち歴戦の勇将と、苻堅の体制を進めようとする王猛らの知将を相手に、年若い公子どもがいつまでも持ちこたえられるものではなかった。

激戦に次ぐ激戦ののち、ついに長安に送られてきた従兄弟らと弟の首を前に、苻堅はただ表情を曇らせた。唯一捕縛されて長安に護送された苻廋《ふそう》に、背いた理由を問い詰めたところ、叛心《はんしん》を抱いていたわけではないが、兄弟の反逆が続けばいつかは連座させられるから、その前に謀反を起こしたのだという。

通例によれば、反逆罪を犯した者たちは家族もまた連座させられる。また、皇統を継承する家系が直系から傍系に移れば、罪があろうとなかろうと、先帝の兄弟とその家族が皆殺しとなるのは珍しいことではない。

だが、苻堅はそうした前例を踏まないことを選んだ。なにより、建国の祖である伯父苻健の偉業には心から敬意を抱いていたので、その子孫を滅ぼすことなどそもそも考えられなかった。だから即位後すぐに、伯父の子どもたちを封公し、高位の官職を授けていたというのに。

苻廋の罪は赦せるものではないため死を賜ったが、連座の恐怖を残りの従兄弟らに抱かせないためにも、苻堅は従兄弟ら三公の家を残し、配偶者と子どもら血縁の者に咎《とが》めを及ぼすことなく、公家を継がせることに決めた。

だが、実弟の苻双に関しては、苟太后による必死の助命嘆願を退け、その公家を断絶させた。

母親に耳を貸さなかったのは、半身とも思っていた庶兄を謀殺し、厚顔にも重臣と不貞を働く母親に対する恨みと嫌悪のためではなかったか。わだかまる後悔とやり場のない慚愧《ざんき》は、長く苻堅の心に傷を残した。

すべての勅を出し終えた苻堅は、その夜は私室に戻ると近侍を全員下がらせてひとりきりになった。

苻双が自分に背いた理由が、どうしてもわからない。苻騰の叛乱に加担したときに、もっと厳しく罪を追及しておくべきだったのだろうか。話し合いが足りなかったのだろうか。

それまで人の気配のなかった苻堅の背後で、湯を沸かし、茶を淹れる気配がした。甘く爽やかな湯気の立つ茶を運んで差し出す翠鱗に、苻堅は食いしばった歯の間から唸るように告白する。

「天下の法は、私情に左右されてはならないんだ。権勢を預かる者にとって血の濃い者の罪ほど、赦されてはならない」

翠鱗も困惑と哀しみのこもった笑みを返す。

「うん。文玉の決断は正しい。血がつながっていても、同族でも、赦されないことをした以上は、ちゃんと正されないといけない。文玉の志がわからない兄弟なら、力を持たせちゃいけない。いまは理解されなくても、百年先にはちゃんとわかってくれる人がいるよ」

苻堅は乾いた笑い声を上げて、床に散らばった上奏文を拾い上げる。

「そう言ってくれるのは、お前だけだよ。翠鱗」

肘掛けのついた榻《とう》に倒れ込むように腰を下ろし、苻堅は両手で顔を覆った。涙が流れ、嗚咽《おえつ》が漏れた。弟の首を検分してから丸一日が過ぎていた。

第四章　華北統一

苻堅《ふけん》が大秦天王に即位してから、十三度目の春を迎えた。

北部の匈奴《きようど》や烏桓族《うがんぞく》が苻堅に従属を誓い、従兄弟らの叛乱から二年が過ぎ、壮年期に入った主君を戴く大秦《だいしん》の国内は、落ち着きを取り戻したように見える。

青年から壮年へと重厚さを増した苻堅とは反対に、翠鱗《すいりん》の成長はとてもゆるやかだ。とはいえ、目に見える変化がないわけではない。長安に来たばかりのころは余裕たっぷりであった寝床の櫃が、ひどく窮屈になっていた。それに、人に変化したときの身長が、いつのまにか苻堅の胸を越えて肩に達していた。

「背が伸びたな。人の姿で過ごしても、年齢的におかしくない宮仕えの少年らしくなってきた。もう少し日当たりの良い部屋と、使い心地の良い家具を用意させよう。小間使いもつけようか」

苻堅は翠鱗の頭を撫でながらそう言った。ほとんどの時間をひとりで過ごす翠鱗が退屈しているのではないかと、気を遣っているらしい。翠鱗はそのたびに、書院に閉じこもっているわけではないこと、未央宮《びおうきゅう》だけでなく長安の城下も歩き回っていることを話して、いまの状態で満足していることを告げる。

「見た目が遊び盛りの少年に見えるせいだな。話し相手が欲しくはないかと、思ってしまう。翠鱗が王宮の内外を逍遥《しょうよう》しているのは知っているが、友人を作ったという話は聞かない。蛟の子が人間の子どもの求めるような娯楽や教育を、欲しているのでなければ、要らぬ気遣いであったか」

翠鱗は首をかしげて考えた。

「人間の遊び？　後宮や城下で子どもたちの遊ぶのを眺めることはある」

実のところ、翠鱗は人間体を動かすことがあまり得意ではない。歩きまわるだけならばまだしも、尻尾で均衡をとらずに二本の足で飛んだり跳ねたり走ったりすると、すぐに転んでしまう。一角が塀を乗り越えたり、曲芸師並みの運動能力を見せてくれたことがあるが、翠鱗は蛟体の方が動きやすい。それもあって、必要でなければ蛟体で過ごすことが多かった。

人間の子どもは、おとなよりも動きがぎこちないと思ったことがあるのだが、動き回っている時間はずっと長い。体が小さいうちはああして体の動かし方を覚えるのだろうかと、翠鱗は考えた。ならば、もっと人の姿で遊んだ方が、体型に馴染《なじ》むことができて、転ばなくてすむようになるかもしれない。

「文玉《ぶんぎよく》が気にしないのなら、他の人間と接してもいいけど。でも、どうして急に？」

怪訝《けげん》そうに訊ねる翠鱗に、苻堅はむしろ驚いた目を向ける。

「他人とかかわるのに、私の許可が要ると思っていたのか。私は翠鱗を閉じ込めておくつもりも、独り占めするつもりもない。幼龍を養育していることは瑞祥ではあるが、だからこそ、ここに留まるのはそなたの意思であって欲しい。そなたには知性も感情もあるのだから」

翠鱗は改めて苻堅の顔を見上げる。

初めて会ったときは、十代前半の紅顔の少年だった。長安に連れてこられたときは、十代の後半にさしかかって落ち着きと精悍さを増していたが、珍しい獣を手に入れて興奮したところは少年らしく、翠鱗を手放さずにすむ理由を必死で探していた。いまはすっかりおとなになって声は低く、冕冠《べんかん》に似合う口ひげなどたくわえて整えている。いまや、苻堅自身の子どもたちが成長して、初めて会ったときのかれと翠鱗の年齢を超えつつあった。だが、翠鱗の見た目は当時とほとんど変わらない。

「息子たちと翠鱗を引き合わせたいと考えている」

翠鱗の思考を心話で読み取ったかのように、苻堅が唐突にそう言った。

「だが同時に、息子たちに会わせたくないとも思う。翠鱗は我々よりもはるかに長く生きる獣であれば、私がこの世を去ったのちも、我が子孫と大秦の行く末を見守って欲しいのだが、もしも息子たちの誰も、翠鱗の言う光暈を持っていなかったら、誰にこの国を任せていいのか――」

苻堅は言葉を濁らせて口を閉じる。翠鱗は少し困った。

「文玉を包む光の暈が、聖徳の資質だって、前に話したこと？　ごめん。光暈を持つことが天子の条件かどうか、本当のところはぼくにもわからない。光暈を持たずに至尊の座に就く君主の方が多いんじゃないかな。無責任なことを言ってしまった。ただ、ぼくはその光で文玉に引き寄せられる。どこにいても、たくさんの人間に囲まれていても、そこに文玉がいることがわかる。そして、文玉を取り込もうとする悪運が近づけば、それを退けることができる。でも、文玉の跡継ぎを見極めたり、この国を護っていく力はぼくにはない……と思う」

短い沈黙が通り過ぎたのち、苻堅は口元に淡い笑みを刷《は》いて「そうか」と応えた。

従兄弟らと実弟の巻き起こした内乱の余韻がようやく落ち着いたころ、再び戦塵《せんじん》の巻き起こる気配が東方から吹く。

晋《しん》の皇帝位さえ左右する重臣の桓温《かんおん》が、三度目の北伐の兵を挙げたのだ。

ただ、このたびの北伐は大秦の長安を目指したものではなく、大燕《だいえん》の慕容暐《ぼようい》を討伐するための遠征であった。大燕では国柱であった太宰の慕容恪《ぼようかく》が病死し、若年の皇帝慕容暐の大叔父であり師の太傅《たいふ》を務める慕容評《ぼようひょう》が実権を握っていた。建国のときには数々の武勲を建てた慕容評であったが、権力を手にしてからは、おのれの意のままになる皇族や臣下を要職につけ、私財を貯《た》め込むことに夢中になり、政治は腐敗し国が傾き始めた。桓温は燕軍の弱体化していくこの好機を逃さず、歩騎五万を率いて攻め込んだ。

桓温の攻撃はすさまじく、黄河を渡り枋頭《ほうとう》に至り、首都の鄴《ぎょう》へと迫った。鄴を捨て古巣の龍城《りゅうじょう》へ遷都を検討するまでに苦戦した慕容評は、領地の割譲を条件に、援軍の派遣を苻堅に要請してきた。

苻堅は大燕に恩を売る機会とばかりに、鄧羌《とうきょう》らに命じて二万を援軍として送った。

こうした外交については、翠鱗はただ黙って見ている。守護獣の関心は聖王となる者の安全にあり、人界の流れそのものではないという一角の教えに従っていた。

皇族内の不安分子を取り除き、北方や西方の反秦勢力を鎮圧したいま、晋と大燕の戦は大秦にとっては漁夫の利を得る、格好の機会であった。援軍を送るとしても、苻堅が出て行く必要はない。優秀な宰相であり、顧問であり将軍でもある王猛《おうもう》を筆頭に、鄧羌など歴戦の勇将が大勢いるのだ。それゆえに、翠鱗は長安の未央宮から動く必要はなかった。

そして、苻堅が大燕を救うために派遣した援軍は、ほとんど戦う必要もなく長安へ帰還した。大燕皇帝の叔父で征南《せいなん》将軍の呉王《ごおう》、慕容垂《ぼようすい》の活躍によって、桓温軍が南へと押し戻されたからだ。

桓温の軍がいよいよ鄴の攻略にかかろうというとき、都から逃げる用意をしていた慕容評は、背後の盾として甥《おい》の慕容垂を桓温迎撃の総大将に命じた。

慕容垂は、このとき四十三歳。

大燕の実権を握っていた太宰の慕容恪は、臨終に際して、兵権を預かる大司馬《だいしば》に弟の慕容垂を指名していた。戦功も多く、円熟した政治家であり、勇猛な知将としての名声を築いていた慕容垂こそ、国防を一手に担う地位が相応しい。だが、慕容恪の死後に政権を手にした慕容評は、甥の遺言を採らず、皇帝の末弟でわずか九歳の慕容沖《ぼようちゆう》を大司馬の任に就けた。

幼い子どもに国家の兵権を授けて、その背後で権勢を恣《ほしいまま》にする慕容評の台頭を招いた慕容恪の死を、桓温が北伐の好機とみたのは当然のことであったろう。

しかし、桓温の北伐軍を撃退し、亡国の危機を救った英雄として慕容垂が名声を挙げたことは、実権を握る慕容評にとって都合の悪いことであった。晋軍を追い払った軍功に対して、慕容垂とその配下への恩賞は下されず、そのために交渉を繰り返したことで慕容垂と慕容評との対立は深まった。

もともと互いに確執のあった皇太后からも憎まれていたこともあり、慕容垂は命の危険を感じて国外へ逃れ、大秦に亡命することとなった。

翠鱗は慕容垂が長安入りしたことを聞き、家族と郎党を連れて入朝するところを見届けようと、大極前殿の屋根に登った。慕容垂の一行が大門を通る前から、翠鱗の心臓はどきりと跳ねた。思わず上体を起こして首を伸ばし、体格の良い堂々とした武将の姿をよく見ようとする。翠鱗を驚かしたのは、鮮卑《せんぴ》の甲冑《かっちゅう》を身に着けた慕容垂が、目に心地よい白光を放っていたからではない。もちろんそれ自体は充分に驚かされる事象ではあったが、翠鱗の目を釘付《くぎづ》けにしたのは、慕容垂の肩に止まる一羽の大鷹《おおたか》であった。

慕容垂の大鷹は頭を上げ、瓦と同色に溶け込んで佇む翠鱗を見つけた。大鷹は一声鳴いて、予備動作もなくひらりと宙に舞い上がる。慕容垂は突然飛び立った大鷹に驚き手を伸ばしたが、そのときすでに巨大な猛禽は大極前殿の屋根の上に達していた。

翠鱗は地上に出て間もなく鷹に捕獲された昔の記憶が蘇《よみがえ》り、恐怖で体がすくみそうになった。だがすぐに我に返って、素早く屋根の反対側へと駆け下りた。鷹の羽ばたきと襲いかかる鉤爪《かぎづめ》の気配を感じて、とっさに横に跳びのき、瓦を蹴って屋根から飛び降りる。

落下途中で体を捻《ひね》り、尻尾を大きく振って方向を変えつつ滑空し、柱にとりついて駆け上がり、鳥の入ってこられない軒下の梁へと逃げ込んだ。

――何、あれ。大鷹じゃない。鷹でないものが、鷹に化けている？　妖物の気配はなかった。なんだろう。青鸞《せいらん》の眷属？　霊鳥が他の鳥に変化したということ？　光を放つ慕容垂も聖王の器で、霊鳥の守護がついているってことなの？――

羌族《きょうぞく》の姚萇《ようちょう》も光をまとっていることを思い出し、翠鱗はさらに混乱した。梁と軒の間にじっと体を縮めて心を落ち着け、正体のわからぬ猛禽の気配が完全に消え去るのを待った。

――そんなに何人も聖王の候補がいて、それぞれ霊獣に護られているの？　中原を統一して天子となる人間は、文玉ではないの？――

体のこわばりが解けた翠鱗は謁見の間に行ったが、苻堅と慕容垂の対面はすでに終わっていた。光暈を持つ者同士が対面する瞬間を見逃したと知った翠鱗は、我知らず歯ぎしりをした。その歯ぎしりは、自分を追いかけ回した鷹もどきに対する、腹立ちもあったかもしれない。

苛立ちや怒りという感情をそれまで知らなかった翠鱗は、自分の心と体の無意識な反応に戸惑う。恐怖や焦りとは異なり、怒りや苛立ちは内から湧き上がる熱く苦い塊であり、直ちに吐き出して誰かにぶつけたい衝動であった。そしてその衝動を押し留めるために、思わず強く顎を噛みしめてしまうのだ。

この胸にわだかまる不快な感情の原因が、あの鷹もどきであることを自覚した翠鱗は深呼吸をする。一瞬、慕容垂の動向を探りに行こうとも考えたが、あの鷹もどきと鉢合わせすることを考えてあきらめた。なにやら、あの鷹もどきには圧倒的に敵《かな》わない気がしたのだ。相手は空を飛べるだけではない。もともと鳥であることを差し引いても、霊力は相手の方が上であると直感したのだ。

群臣らの噂話から、亡命者と苻堅との対面のようすが少しだが知れた。堂々とした七尺七寸という長身の慕容垂の風貌と、重厚で穏やかな話しぶりは、世間の評判通りの人傑であったらしい。苻堅は慕容垂を歓迎し、冠軍将軍に任命し、賓都侯《ひんとこう》に封じた。

慕容垂は大秦に帰順し、苻堅に臣従することになった。

翠鱗は危険なモノが長安に入り込んだことを警告するために、天井裏を伝って苻堅の気配を求め、苻堅が王猛と議論している場を探し当てた。

王猛は慕容垂の受け容れに反対していた。

曰《いわ》く――慕容垂は寛大で仁愛に富み、燕の民に慕われ、その将兵には篤《あつ》く敬われている。聡明で知略は並外れて優れており、皇太后や強欲な宰相の操り人形である凡庸な慕容暐よりも、慕容垂が皇帝の座につくことを望む臣民も多い。燕の皇族では兄の慕容恪に次ぐ人傑である――と。

褒めちぎりだな、と翠鱗は梁の上で驚きつつ考えた。だが、王猛の目は険しく、その有能さと声望ゆえに、慕容垂は取り除かれなければならない、と主張した。

苻堅はひどく不機嫌な表情で、反論を考えている。王猛はさらに続けた。

「蛟龍や猛獣は、飼《か》い馴《な》らせるものではありません」

之《これ》を除くに如《し》かず、と断言した。

苻堅が顎を上げて天井に視線を向けた。梁から首を伸ばして耳を澄ましていた翠鱗は、慌てて首を引っ込める。一瞬だが目が合ったようで、苻堅の眉間からは皺《しわ》の数が減り、下がっていた口の両端はかすかに上がった。苻堅は居住まいを正して、王猛を正面から見つめた。

「私が思い描く国家の在り方は、いままで誰も見たこともない、想像したこともない天下であることは自覚している。敵味方の恩讐《おんしゅう》を越えて、倫理観の異なる民族がこの中原に融和して共存できる国を建てたければ、義を以《もっ》て地上のあらゆる英雄豪傑を大秦の傘の下に招かねば、成し遂げられない。かつての敵であり危険な英傑であろうと、私を頼って難を避けてきた者に至誠を誓って庇護《ひご》を約束したのだ。その信を破って慕容垂を害するようなことがあれば、私の君主としての世評は地に堕《お》ち、未来に懸けた理想もただの欺瞞《ぎまん》でしかなくなってしまう」

即座に反論はせずとも、なおも不服そうな王猛に、苻堅は言葉を続ける。

「我々の生きるこの天地そのものが、馴らすことのできない猛獣であろう？　それでも人々は山を移し川の流れを変え、この大地を住みよく造り変えてきた。人である英傑を義によって従わせることができずして、中原の統一が適うだろうか」

苻堅に説き伏せられた形で、王猛は進言を取り下げた。

休憩と着替えの間に入った苻堅を、小姓姿に身を変えた翠鱗が迎えた。

「蛟龍って、馴らせないの？　ぼくって、そんなに危ない生き物？」

開口一番に翠鱗の口から出た問いに、苻堅は苦笑して翠鱗の頭を撫でた。

「人に懐かぬ猫の牙と爪は人間に致命傷を与えないが、それでも充分に痛手を与えることはできる。翠鱗がどこまで大きくなるかわからないが、立派な牙と角、そして爪を持っている。いまは猫の大きさでも、やがては虎のように強大な獣になるかもしれない。だが、翠鱗の性は獰猛《どうもう》ではなく、言葉を使って意思を通じ合わせる知性もある。馴らす馴らさないという表現すら、翠鱗には相応しくない。まあ、単なる喩《たと》えだ。気にするな」

翠鱗は慕容垂の飼う大鷹が、蛟龍や猛獣よりも危険かもしれない、ということを告げようとした。しかし、その正体をはっきりと明らかにできないことに思い至り、王猛でさえ説得できなかった慕容垂の危険性について、苻堅を納得させることはできないと思い直した。

「うん。でも、慕容垂には気をつけた方がいいとは思う。遠くからでも、すごい運気を感じた。文玉ほどじゃないけどね」

光暈が聖王候補を取り巻くしるしであるとしても、守護獣を持たぬ姚萇を警戒する必要は感じなかった翠鱗だが、おそらく鳳凰の雛を守護鳥とする慕容垂からは、目を離してはいけないと心に決める。

――とにかく、あの鷹もどきの正体を突き止めないと――

それから、翠鱗は朝早く前殿に張り込んで、出仕する慕容垂を観察した。あの恐ろしい大鷹もどきに襲われないよう、戸外では人間の姿で宮殿内を移動した。大門で見張っていても、登城に鷹を伴っているところは見かけない。かといって、あの鷹もどきが人に変化して供回りに交ざっている気配もない。慕容垂の従者は誰ひとり霊気や妖気を発散してはおらず、普通の人間と思われた。

だが、明らかに慕容垂の放つ光暈には、かの大鷹の放っていた蒼《あお》い霊気が重なり溶け合っている。苻堅が翠鱗の角や鱗を細工した護符や装飾品を身に着けていると、光暈に翡翠の煌めきが溶けているのに似ている。

朝廷における慕容垂の態度や言動には、特に怪しむべきところはなかった。大秦の君主と、慕容垂の旧主は、隙あらば互いの領土を掠《かす》め取《と》ろうと互いの隙を窺い合ってきたのだ。大秦の群臣に反感を買わないよう、慎重に身を処するのは当然のことだろう。

主君を替え、異民族の朝廷に仕えることとなった慕容垂の忠誠心が試される機会は、すぐに訪れた。王猛を主将とする洛陽侵攻軍三万の、道案内を命じられたのだ。

敵の敵は味方となった大燕と大秦の蜜月は短く、燕帝の慕容暐が救援と引き換えに申し出た領土の割譲を、晋の桓温が撤退するなり反故《ほご》にしたのだ。『土地の割譲は先の使者の言い間違いでした。隣国同士、困ったことがあれば助け合うのは当然のこと』と再度の使者を送って言い抜けようとした慕容暐に、苻堅が腹を立てるのは当然のことであった。そして、国家間の協定を一方的に破棄された係争の解決には、軍事力を投入すべきという、立派な口実を大秦の側に与えてしまった。

王猛は鄧羌らとともに三万の兵を率いて洛陽を攻めた。十万の燕兵が応援に駆けつけたにもかかわらず、慕容一族の洛州《らくしゅう》刺史は王猛の計略によって降伏した。

燕軍の弱兵ぶりは、皇帝慕容暐の優柔不断さからくるものか、もしくは太傅慕容評の悪政のために兵站《へいたん》に綻びが出ているのか、あるいはかつて救国の英雄であった慕容垂にいまもなお心を寄せる将兵が多く、防戦にあたって著しく士気が低かったせいなのか。

圧倒的勝利をおさめた王猛は、洛陽とその周辺を鎮圧すると、いったん長安へ引き返したが、苻堅は間を置かず鄴への進軍を命じた。

王猛を主将とし、鄧羌ら大秦の十将に六万の兵を授けた苻堅は、かつての桓温北伐《ほくばつ》のときに晋軍と対峙した覇水《はすい》のほとりまで見送った。

「後続として、私が自ら十万の軍を率いてあとを追う。兵糧の心配はせず、ただ前の敵を蹴散らしてくれ。鄴で会おう」

三十三歳の大秦天王は、いまだ少壮とも言える頰に朗らかな笑みを浮かべ、信頼する名将たちを送り出した。

慕容垂が大燕侵攻に発って以来、大鷹もどきの襲撃を怖れる心配のなくなった翠鱗はふたたび宮殿の屋根に登り、大棟に腹這いになって長安の空気を嗅ぐことができるようになった。秋は過ぎ、すでに初冬の気配が迫っていたが、かつてのようにそれほど眠気は覚えない。

それでも寒さの苦手な翠鱗が、冷気の迫るなか屋根に貼り付いているのは、理由がある。慕容垂が長安に与えられた邸に落ち着くひまもなく出陣を命じられたために、翠鱗は大鷹もどきの正体と、慕容垂の光暈について調べることができなかった。

そこで、長安の一番高いところで意思を集中し、霊力を込めることで、翠鱗が相談できる唯一の存在である一角の招喚を試みていたのだ。華山《かざん》の方角を向いて、一心不乱に一角の名を呼ぶ。その念が一角に届くかどうかは想像もつかないことであったが、翠鱗には他にどのような手段も思いつかなかった。

その日も、翠鱗は念の集中に体力と霊力を使い果たし、疲労困憊《ひろうこんぱい》した体を引きずるようにして書院に戻った。そこへ、苻堅が足取りも軽く翠鱗の名を呼ばわりながら奥の間に入ってきた。絹張りの寝床に落ち着きかけていた翠鱗は、文字通り布団から這い出して苻堅を見上げた。

「景略《けいりゃく》がついに鄴を包囲したぞ。本軍を出す。翠鱗もともに来たければ準備をしろ」

苻堅は上機嫌な声で、王猛を字で呼んで遠征の進捗を語り、いまにも笑い出しそうな勢いで、翠鱗の前脚の両脇に手を入れて持ち上げた。後脚とだらんと下がった尾が床に届く。翠鱗の周囲にふわりと霞がかかり、苻堅は自分の肩ほどの身長の子どもを抱き上げていた。

苻堅は目前で起きた瞬時の変化に驚くようすもなく、子どもをあやすように翠鱗を上下に振りながら床に下ろした。

「もう？　王猛たちの進軍から二ヵ月も経ってないよ。大燕には四十万の兵がいるんでしょう？」

王猛軍が洛陽から東へ進み、幷州《へい》を平定していく過程は、逐次報告されていたので翠鱗も耳にしていた。それでも、守りの堅い晋陽《しんよう》の城を攻めるときは、地下道を掘って城内に潜入して門を開かせたり、鄴にいたっては六倍以上の数で守りを固める敵とまともにやり合うのを避け、慕容評を翻弄したりする策を講じていたという。

「ああ、景略や鄧羌以下の我が将軍たちがおそろしく有能で、大秦の将兵がすばらしく勇猛、その上さらに慕容評が無能かつ強欲なために、燕の将兵の士気が限りなく沈下していたからだろう」

大杯の酒を飲み干して矛を携えた鄧羌は、大燕の大軍へと幾度も突撃を繰り返し、いくつもの将軍首を取り、多数の兵を殺戮《さつりく》し、大秦軍を圧勝へと導いた。

「ああ、この目で見たかったな。あの老将軍が誰よりも獅子《しし》奮迅の働きをするところを、私はもう十年以上も目にすることができずにいる」

苻堅は翠鱗にも読めるように報告書を広げて、懐かしさと喜びを取り混ぜて、鄧羌の功績を褒めあげる。

鄴へ向けて敗走する慕容評が、背後に残した燕兵の屍《しかばね》は、十万あるいは十五万にも達したという。算を乱して逃げ惑う燕兵らを蹴散らして、大秦の軍は鄴へと殺到し、ついに都市を包囲したというのが、最新の報告であった。

ふたつの国家が全軍でぶつかり合うような、正史に残るであろう攻城戦の最中に、総指揮の任にある慕容評は、兵の指揮よりも物資の横領と横流しに忙しく、その私腹を肥やしていたという。

「まあ、そりゃあ、負けるよね」

戦の機微や、人間の心理についてはまだよく理解していない翠鱗でさえ、結果が見えるような誤りを、国家の中枢にある者が犯してしまうとは。

「慕容評って、大秦でいえば王猛の仕事をしているんだよね。どうしてそんな頭の悪い人が、政治や戦争を牛耳るの？　皇帝は何をしていたの？」

翠鱗の疑問に、苻堅は苦笑した。

「慕容評は頭の悪い人間ではなかった。将軍として南北の敵と戦っていたときの功績には、目を瞠《みは》るものがあったのだが――太傅となって皇帝に意見のできる地位につき、慕容恪が死んで国家の実権を一手に握るようになってから、貪欲な本性があらわになってしまったのだろう。権力を握ると人間は変わるというが、同じ一族の慕容恪は、死の直前まで誠実に太宰の職を務めた忠臣であり賢臣であった。人の本性が善であるか悪であるかは、そのときにならねばわからないのかもしれん。自戒せねばな」

最後の方は、嘆息とともに真面目な面持ちで言葉を吐き出す。

――そうか、人が過ちを犯すのは、頭ではなくて性格が悪かったせいなんだな――

翠鱗が心で思ったことが届いたらしく、苻堅は眉を上げ笑いそうになる口元を引き締める。その表情をどう受け取ったのか、翠鱗は透き通るような翡翠色の瞳でまっすぐに断言した。

「文玉は大丈夫。まだ光暈を持っている。聖王の資格を失っていない証拠だ」

「そう言ってもらえるのは、励みになる」

苻堅は微笑んで率直に礼を言った。

翠鱗は微笑み返そうとして、ふとその頬が強ばるのを感じた。光暈を持つ者が苻堅の他にふたり、そのうちひとりは霊鳥らしきものに護られていることを思い出したからだ。苻堅の軍が王猛軍と合流したときには、そこに慕容垂と鷹もどきがいることだろう。その前に一角と話をして、鷹もどきの正体について意見を聞きたかったが、その機会はなさそうであった。


歩騎十万の軍を率いる苻堅は、時を置かず王猛らと合流し、鄴城を攻めた。人質として大燕の宮廷に仕えていた扶余《ふよ》の王太子と、高句麗の王族らが、大燕の形勢を不利とみて秦軍に内応し、城門を開いて秦軍を迎え入れた。城が落ちたことを悟った皇帝の慕容暐は都城を脱出し、父祖の故地である龍城《りゅうじょう》を目指して北へと逃亡した。

あまりのあっけなさに、大秦の史官が鄴の攻城戦について書き記すことの乏しさに困っていた一方で、小姓の体裁で苻堅に随伴していた翠鱗は、慕容垂の居場所と大鷹もどきの消息を気にしていた。慕容垂は逃亡する皇帝の追走の指揮を執っており、苻堅が鄴に入城したときには、都の周辺にはいなかった。

翠鱗は肩すかしを食らったような失望と、未知の脅威に直面する事態を避けられたことの安堵を同時に味わった。

鄴を占拠して三日目、苻堅は鄴に残った慕容一族の皇族を、銅雀台《どうじゃくだい》に集めさせた。これからかれらを引見するので、翠鱗にも同行するか訊ねる。

「もちろん」

捕虜となった慕容家の人間が、苻堅と刺し違える覚悟で待ち構えているかもしれないのだ。降伏した丸腰の虜囚とはいえ、油断はならない。

「曹操《そうそう》の時代より続く鄴城三台を、我が物として歩く日がこんなに早く実現するとは、想像もしなかった」

興奮に頰を上気させ、漢服の広袖を落ち着きなく広げては、腕を上下させる。広過ぎる漢服の袖が邪魔にならないよう、いちいち鳥が翼を広げるように袖に風をはらませる鷹揚《おうよう》な仕草が、いつの間にか板についてきた苻堅だ。

朝議や儀式などのために、宮殿で過ごす時間が増えてから、苻堅や氐《てい》族の貴人は遊牧騎馬民の流れを汲《く》む筒袖の上衣と、両足の分かれたこれも筒状の袴《はかま》という氐族固有の衣服よりも、袖や裾の広い漢族の衣裳を着ることが多くなっていた。

それは鮮卑族も同じらしく、鄴の宮廷人の多くは、漢服か胡漢折衷の衣裳をまとっていた。

「三台って、未央宮や長楽宮よりも、すごい宮殿なの？」

お付きの小姓らしく衣裳を整えつつ、翠鱗は苻堅を見上げて訊ねる。

「規模でいえば、中原一かもしれない。曹操が建てたときは三層の宮殿であったそうだが、石虎《せきこ》が五層に改築したというから、かなり圧巻であろう。要塞として造られていたこともあり、基台から宮殿の屋根まで十数丈の高さがある。地下は井戸や隧道でつながれ、千人の兵を収容できる蔵兵洞と、二年は籠城できるほどの貯蔵庫がある。地上では、三つの宮殿に渡された二条の反り橋から見下ろす光景が、あたかも雲の上をゆくようだとも言われている」

苻堅は翠鱗をかたわらに、王猛と配下の将軍たち、そして直属の親衛隊も引き連れて銅雀台へと向かった。翠鱗は屈強な兵士たちの歩調に遅れまいと、苻堅の斜め後ろにぴったりとついて、ほぼ小走りになって一行について行った。

銅雀台を中心とする鄴城三台は、苻堅の生まれる百年以上も前に建てられた。

三台の宮殿は都の北寄りに西の城壁に並んで、北から氷井台《ひょうせいだい》、中央が銅雀台、南に金虎台《きんこだい》の順に、城の外を流れる漳河《しょうが》を望むように突き出して並んでいた。城壁の下から見上げると、版築《はんちく》によって固められた十丈を超える基台の、果てしない階段の上は青い空ばかりで、台の上にあるはずの宮殿は見えない。

天へと続くかとも思われる長い長い銅雀台の階段を上りきった一行を、五層の壮麗な宮殿が迎えた。翠鱗は一角もまた、今日の自分のように石勒《せきろく》に従ってこの銅雀台への階段を上ったのだろうかと想像してみた。

このような堅固な要塞宮殿を擁していても、そこに陣取る人々の人格や能力次第では、戦うこともなく陥落してしまうのだ。

逃走中の皇帝の家族と年少の兄弟は、銅雀台の広間のひとつに集められていた。

翠鱗は広間に入ったときから、屋内の明るさが尋常ではないような気がした。日中であるのに、扉や窓から差し込んでくる日光が作るはずの影が薄い。しかし室内の照明が灯《とも》されているようすはない。

それは、翠鱗の薄暗い書庫に、苻堅が入ってくるのと似ていた。光暈は人間には見えないのだが、翠鱗には暗いところで灯籠の代わりにもなるほど明るい。そこで慕容垂や姚萇のことを思い出した翠鱗は、他にも聖王のしるしを負っている人間がいるのかと、光源を求めて広間を見回した。

背丈の足りない翠鱗が背伸びをしたり、前に出て探す必要もなく、柔らかな光をまとった少年が、着飾った四十前後の貴婦人に伴われて苻堅の前に進み出た。貴婦人と少年は、後宮から移された女たちと年少の男子らを庇《かば》うように、征服者の前に立ちはだかる。人の姿の翠鱗とあまり年の差を感じさせない少年の両の手は、硬い拳に握られている。

まだ幼さを残す少年の秀でた額とふっくらした頬は、もともとの肌の白さに緊張と怒りでバラ色に染まり、気品のあるくっきりとした目鼻立ちが甚だ人目を引いた。

翠鱗は顔立ちで人間の種族の違いを見分けることが苦手であったが、鮮卑人の男女の際だった白い肌と整った容貌は、漢人や中原に近い氐族、羌族とははっきりと異なることに気がついた。深目鼻高と言われた羯族《けつぞく》のように眼窩《がんか》が窪《くぼ》んでいるわけでも、眉間から鼻梁《びりょう》が立ち上がっているわけでもないが、まっすぐな鼻柱の高さと長さは完璧で、大きく切れ長の黒目がちな目が印象的だ。

一般的に、北族には美形が多いとされていた。それは美質の第一に肌の白さを挙げる漢族の美感による評価が大きい。戦や紛争のときに掠奪の対象となるのも色白な子どもであり、その出自の多くは北方のいずれかの民族であった。また、漠北では東西から数種の遊牧民が行き交い通婚し、さらに西方から訪れる金髪碧眼《へきがん》の交易商人らとの交流もある。長い年月の交わりのなか、顔立ちの彫りが深すぎず、かといって扁平《へんぺい》でもない、独特な形質が漠北民に定着していったのだろう。

慕容一族の優美な容姿は、世間の風評以上であった。

進み出た少年と婦人は、一目で親子とわかるほど、よく似た容貌であった。逃走中の皇帝慕容暐に代わり、この場で苻堅と相対できる最高位の人物であることから、貴婦人は皇太后の可足渾《かそくこんし》氏と知れる。慕容暐の年齢から推測すれば、いまだ四十になるかならないか、といった年齢であるはずだが、攻城戦の恐怖と、陥落から降伏にいたる心労のためか、黒髪に白条が幾筋も走り、顔色は優れず、目の下に隈《くま》ができていた。だがそうしたやつれぶりも、彼女の美貌と威厳を損なうことはない。亡国の皇太后は背筋をぴんと伸ばし、昂然《こうぜん》として祖国を滅ぼした敵国の君主に対峙した。

苻堅は可足渾氏に対して、皇太后として恭しく礼拝した。

「降伏した以上は、あなた方も我が大秦の民。鮮卑族の貴人たる慕容氏の一族はもちろん、燕の臣下にいたるまで誰一人処罰されることはありません。ただ、ご一門は長安に移り住んでいただきます。すでに邸は用意してあります。こちらはご子息ですか」

逃亡中の慕容暐は、七人兄弟の三男であった。長兄は鬼籍、庶兄の次男は暐とともに鄴を脱出して旧都龍城を目指している。渤海王の四男は龍城の城主であり、いま現在は大秦の将軍となった叔父慕容垂の軍と戦いつつ、兄たちとの合流を図っているところであろう。五男が今回の戦に参戦しているかどうかは微妙な年齢ではあるが、後宮の女たちとともに捕らえられたということは、加冠前の六男か末子のいずれかであろう。

「中山王《ちゅうざんおう》、慕容沖《ぼようちゅう》。小字《幼名》は鳳皇《ほうこう》」

少年は紅潮させた頬を強ばらせ、苻堅をにらみつけた。かすれがちの高い声で名乗りを上げる。

「これは、大司馬の。なるほど」

苻堅はかれにしては珍しく、皮肉めいた微笑を浮かべて会釈を返す。慕容沖はその響きを敏感に察したらしく、いっそう頬を赤くして歯を食いしばった。

大司馬は最高地位にある官職の三公のひとつで、国の軍事を司《つかさど》る。正式な字もつけられてもいないような、声変わり前後の少年に務まる官職ではない。

苻堅はちらりと鮮卑人の集団へ目をやった。慕容沖よりも年上らしき少年が視界に入る。慕容沖ほどの美少年でないが、緊張する面差しは似通っていた。年長の男子がいるにもかかわらず、末の皇弟が不在の皇帝の代理として前にでなくてはならないのは、皇太后の実子でかつ名目上だけでも大司馬という権威を背負っているのが、この十二歳の少年だからであった。

慕容沖が自分の官職を告げなかったのは、自分が大叔父と母親にとって権力を掌握するための道具であったことを、理解していたからだろう。この少年に、大燕全軍の指揮権が与えられていなかったことは明白であった。見た目も人形のように美しかったが、役割もまた意思と能力を求められず、権威の椅子に座っているだけの人形であった。

苻堅の声音に含まれたかすかな揶揄《やゆ》に耐えかねて、慕容沖は目を逸らした。その目が、苻堅の斜め後ろに控えていた翠鱗のそれと合った。翠鱗は驚いて瞬《まばた》き、慕容沖と見つめ合う。

苻堅の小姓として側《そば》に仕えているときの翠鱗は、周囲の人間の関心を引かないように気配を消している。もともと、主君の命令に従うのみで、無言で身の回りの用をこなす小姓や小間使いに注意を払う者はいない。ただでさえ、そこにいない扱いを受ける存在だ。それにもかかわらず周囲に溶け込むように気配を消してしまう翠鱗に、慕容沖は気づいたのだ。

それは、かれを包む光暈と関係があるのだろうか。聖王のしるしとされる光暈によって翠鱗の心語を苻堅が聞き届けたように、慕容沖もまた霊気を放つ存在に注意が向いたのか。

翠鱗の透き通った翠色の瞳に驚き、軽く目を瞠った慕容沖だが、はっと我に返って先に視線を外した。かれは在京する慕容氏の頂点にある者として、鄴の都城を苻堅に引き渡すという任務があった。

慕容沖がすべきことはただひとつ。

征服者の前に進み出て膝を折り、床に額をついて「今日この日より、慕容一族は大秦の臣下となり服従する」と、震える声で誓うことであった。

屈辱的な役割を終えて立ち上がり、前を向いたまま数歩下がる慕容沖の肩を、ふわりと艶やかな絹の袖が抱いた。自らの袖を広げて、屈辱で赤く染まった少年の頰と耳を隠した十四ばかりの美しい少女を目にした大秦の男たちが、はっと息を吞む。

人間の美醜にはあまり関心のない翠鱗でさえ、その少女のたたずまいに呼吸を忘れた。この少女もまた、ふわりとした淡い光に包まれているように思える。目を凝らしてみれば、苻堅や慕容垂のように、はっきりとそれとわかる光暈ではなく、真綿の靄《もや》のような温《ぬく》もりが感じられる。

「太后――？」

声が喉にひっかかり、出し切れずにいるようなかすれ声が苻堅のものであると、翠鱗が悟るのに、少しの間があった。翠鱗が見上げた苻堅の横顔は、その視線が慕容沖を抱く少女に釘付けとなっていた。

問いをかけられた可足渾《かそくこん》氏は、どこか勝ち誇ったような笑みを口角に刷いた。

「我が娘の清河公主《せいかこうしゅ》です」

顔を上げた少女は、母親の美貌を受け継いだことは疑いはなかったが、可足渾《かそくこん》氏の驕慢《きょうまん》さはかけらもなく、息子たちを利用して一国の政治を操ろうとした母親の、政治的野心とは無縁の儚《はかな》さを漂わせていた。

清河公主は苻堅に目礼をすると、森に隠れる子鹿の姉弟のように弟を促して、優雅な物腰で鮮卑人の集団へと下がっていった。


鄴都に残された慕容一族が長安へと発つ前に、逃走していた大燕皇帝を生け捕りにしたという報せが苻堅のもとに届いた。息子の無事を知った可足渾氏は、安堵に肩をふるわせ、袖をまぶたに押し当てて嗚咽をこらえた。

慕容暐が鄴を脱出したときは数千騎の将兵が従っていたはずだが、苻堅によって差し向けられた追討隊が捕捉したときには、馬も失って十数人の供回りのみとなり、徒歩で龍城を目指していたという。縄をかけられて鄴に送り返された慕容暐の憔悴《しょうすい》ぶりと、身にまとった衣服の汚れと甲冑の損壊の激しさに、追っ手から逃れ盗賊と戦って生き延びた敗者の悲惨さが読み取れる。

敗戦の責任者である慕容評は、護るべき大甥の皇帝を見捨てて北へ走り、高句麗まで逃げ延びたらしい。

敗帝の慕容暐を鄴城の大門まで迎えに出た苻堅は、祖父の代から華北の天を分けて覇権を競ってきた相手を痛ましげに見下ろす。

「追走を命じた将兵には、貴卿《きけい》に害を及ぼさぬようかたく戒めていた。勝敗が決して以降の殺し合いは無意味だ。故地に戻って再起を図るつもりだったのかもしれないが、鄴城の城門を開いた高句麗の軍を背にして、我が大秦の軍を迎え撃ち、燕を再興できると貴卿は考えたのか」

膝をつかされた慕容暐は、悔しげに苻堅を見上げた。だが敗帝の目には、末弟がその瞳に込めたほどの屈辱と反骨心は窺えない。むしろ諦観の色が濃く、自らを恥じるように視線を落としてしまう。

「再起など考えなかった。大徳を讃《たた》えられた兄の哀太子《あいたいし》には及ばず、人材と大局を見定める能力に恵まれずに敵国の侵略を許し、いたずらに国民を苦しませて国を傾けた。父祖が築いた豊かな強兵の国でさえ保つことのできない自分に、亡国の再興が可能とは思えない。ここにいたっては、狐《きつね》が首を故郷の丘へ向けて死ぬように、先祖の墳墓を前に己の不徳と無能を詫《わ》びて死にたいと願っただけだ」

かつては南面して臣民に号令していた人物とは思えないほど打ちひしがれ、時折言葉を詰まらせながら真意を告白する。

苻堅の脳裏に、自らの手で廃帝にした従兄の顔が唐突に浮かんだ。勇猛で残酷であった苻生《ふせい》と、優柔不断な慕容暐との間に、共通するところなどない。強いて言えば、ふたりとも三男であるということと、皇太子であった長兄が夭折《ようせつ》したためにその手に帝位が転がり込んだが、帝位を長く保てずに、若くして自滅の道を選んだところが似ていると言えるだろうか。

苻生には不屈の闘志と強烈な個性が具わっていた。一方、慕容暐の凡庸さは幼年期から内外に知られており、そのために実母と奸臣《かんしん》の大叔父に国政を任せきって国を衰えさせた。屋台骨が腐り落ちるところを攻め込まれた事態となっても、国難に立ち向かう気概も持ち合わせず、死に場所を求めて逃げ回る青年であった。境遇は似ていたものの、性格も資質もまったく異なるふたりを、苻堅はなぜか無意識に比較してしまう。

だが、慕容暐は心身を損なうことなく生き延びており、いまでも数十万を超える鮮卑族慕容部《ぼようぶ》に号令する首長であることに変わりはない。おのれの負う責任と能力の限界を悟っているあたりは、むしろ無害であるといえる。野心的な実母と大叔父から傀《かい》儡《らい》に据えられた理由が、初対面の苻堅にも察せられた。

初冬の寒風は、いかに亡国の君主の痩身を苛《さいな》んだことだろう。

苻堅は虜囚の縄を解くように命じ、自らの戦袍を脱いで、苛酷な逃避行で肉の落ちた慕容暐の肩にかけた。苻堅は腰を低くして慕容暐の手を取り、立ち上がらせる。

「この中原には、あまりにも多様な種族が暮らしている。それぞれが誇り高く自立自尊を目指す思いは充分に理解できるが、いつまで夷《い》狄《てき》だ、西戎《せいじゅう》だ、漢族だと対立していがみ合い、争い続けなくてはならないのか。天はただひとつで大地はひと続きであるというのに、土地を奪い合って絶えず諸民族の血が流され続けるのは、理不尽と思われぬか。ひとつの天下に六族が和して一家として生きる道を、ともに探ってゆくことはできないだろうか」

慕容暐は苻堅の語りかけを理解しかねたらしく、不安げな目つきになった。帝位にあっては政道よりも遊興に傾きがちであり、国難においては妻子を置いて都から逃げ出した慕容暐には、蒼穹《そうきゅう》と四海の果てを語るがごときの、壮大過ぎる提案だったのかもしれない。

苻堅はひと呼吸おいて、実際的な提案を口にする。

「一国の君主であった貴卿には屈辱的かもしれないが、我が大秦の重臣として、一千万の鮮卑族を束ねてもらえないだろうか」

一千万というのは、鄴都の政庁から回収した戸籍帳によって導きだした大燕の人口であって、そのすべてが鮮卑人ではない。大燕の領域外に生きる漠北の鮮卑族の人口にいたっては、正確な数も不明であろう。帝位を退いたあとも、慕容暐の服属民に対する権威が維持されることを、暗に保証するために提示した数字に過ぎない。

苻堅の申し出を受け容れる他に、選択肢のない慕容暐は頭を垂れた。無精髭に覆われ、こけた頬と乾いてひび割れた唇はゆがみ、疲労で落ちくぼんだ眼窩からは涙がこぼれる。

敗残の皇帝が苻堅と刺し違える可能性を怖れて、この場にもついてきた翠鱗の目には、慕容暐はやつれて希望を失った、ただの人間としか映らない。弟の慕容沖や、叔父の慕容垂のような光暈を持ち合わせないためだろうか。

一瞬そう考えた翠鱗だが、光暈を持たずとも人の目と心を惹《ひ》きつけ、人々を導いていく人間はいることを思い出す。王猛や鄧羌のように、群臣を敬服させ、将兵らが心酔して命を差し出す精気を放つ人間。聖王の資質とはまた別の才気、あるいは魅力を備えた人間たちによって、人界は動いている。

慕容暐は、苻堅の申し出た新興侯の爵位を受けて、后妃と家族、側近と家臣、そして鮮卑四万戸とともに長安へ移住することを承諾した。

苻堅は、各部族の名士と英雄を麾下にそろえることが、兼愛国家の理念であると信じている。慕容暐を生かして大秦の官僚制度に組み込んでいくことが、鮮卑族を支配するのにもっとも有効な方法であることを、王猛はもちろん、血の気の多い氐族の重鎮たちに、根気よく説き続けた。

数日かけて慕容暐の心身の回復を待ち、朝堂に大燕の文武百官を集めて、改めて降伏の申し入れの儀を行わせた。衣冠を整えて百官を背に立ち、苻堅に対して膝をついて臣従を誓う慕容暐の表情は硬く、燕人の官吏の中にはこらえきれず嗚咽を漏らす者もいた。

ひとつの国が滅び、もうひとつの国に呑み込まれる様を、翠鱗は朝堂の高みから見守った。

第五章　孌童哀謡《れんどうあいよう》

華北はほぼ統一されたが、翠鱗《すいりん》は自分の霊格が上がったという感覚はない。相変わらず空は飛べない。龍は水を操るというので、庭園の小川や池で水の流れを意志の力で変えようと試みたり、雲が呼べるかと大極前殿の屋根に登って意識を集中してみたが、何の変化も起きなかった。

苻堅《ふけん》は自らの称号を天王から皇帝に上げるつもりも予定もなさそうであるから、そのせいだろうかと翠鱗は考えた。それとも――

両方の前脚を並べて六本の爪を眺め、胸のつかえを吐き出すように嘆息する。

――ぼくは本当に霊獣の仔なのだろうか――

翠鱗は西王母《せいおうぼ》との会見を果たしておかなかったことを、いまさらながら後悔し始めた。だが、もし苻堅と再会する前に玉山を目指していたとしても、西王母を見いだしてふたたび人界に下りるまでに、いったいどれだけの年月を必要としたであろうか。

とはいえ、もしも廃村における冬眠を妨げられることなく、春に迎えに来た朱厭《しゅえん》とともに玉山へ向かったとして、苻堅にとって正念場であった姚襄《ようじょう》討伐の三原《さんげん》の戦と苻生《ふせい》の誅殺に、翠鱗が間に合ったとは思えない。

玉山の結界を解いて西王母に招かれるかどうかが、霊獣であるか、あるいは地上の理《ことわり》から外れた怪生《けしょう》であるかの区別になるというのなら、翠鱗はその試験を正しく通過していないことが絶えず負い目となっていた。だが、妖獣とは明らかに異なり、翠鱗は教えられずして心話を使い、聖王の資質を示す光を見分けることができる。人の姿に変化し、霊気を操って守護すべき者を傷病から遠ざける能力も、三原の戦で証明された。

そう自らに言い聞かせる一方で、聖王の資質を示すという光暈の意味もまた、翠鱗の心を悩ませる要因であった。

この中原を統一する天子となるべき人間が、苻堅ひとりではない。姚萇《ようちょう》、慕容垂《ぼようすい》、慕容沖《ぼようちゅう》と、それぞれ光度や色合いは異なるが、明らかに常人には見られない光に包まれている。そして慕容垂にいたっては、翠鱗よりも霊力の優れた守護鳥がついているのだ。

いったい誰が真の聖王なのか、正統な天命を背負っているのか。

あれこれと考えを巡らせても、結論はいつも同じところに行き着く。未央宮《びおうきゅう》に霊気の結界を張って苻堅を危険から遠ざけることしか、翠鱗にできることはない。

長安に帰還して以来、未央宮の空気がぎくしゃくして、誰もが物陰でひそひそ話をするようになった。苻堅が慕容氏の皇族を優遇していることが、氐族《ていぞく》と古参の重臣たちの神経を尖らせていた。翠鱗は宮廷の空気にますます注意を払わねばならなくなった。

誰もが目配せではっきりとものを言えない緊張感は、表の朝廷よりも後宮において徐々に高まりつつあった。原因は慕容暐《い》の妹の清河《せいか》公主《こうしゅ》が後宮におさめられてから、苻堅が夜明けまで後宮で過ごす夜が増えたことにある。

これまでの苻堅は、后妃宮を訪れても泊まることはなかった。深更には自分の寝殿に戻り、翌朝の政務に備えて眠りにつく。妃妾《ひしょう》の数は歴代の君主としては少なく、女色に溺れることがないというより、閨事については淡泊な印象を周囲に与えていた。

そう思われてしまう理由のひとつに、正妻である天王后苟氏《こうし》との、不仲ではないにしても、互いに尊重し礼を尽くして義務は果たすという、打ち解けない距離があった。

苟氏との間にできた息子は皇太子に立てられ、その後も子宝には恵まれている。しかし、苻堅が若いときに妾妻のひとりが産んだ庶長子が聡明で、兵学について父と討論を交わすこともできることからこれを溺愛し、最近では寵妃の張《ちょう》夫人の産んだ末子に愛情を注いでいたことから、やはり苟氏との関係はどこかよそよそしい空気が漂っていた。

夫婦の埋めがたい距離は、苟氏が苻堅の実母の太后の親族であることが原因だ。息子と母との間の、消えることのないわだかまり――庶兄苻法《ふほう》の謀殺と、李威《りい》との不貞疑惑――が、母方の親族である正后に心の垣根を作り出していた。苟氏にはなんの責任もないことではあったが、苻堅としては天王后として遇し、三男で嫡子の苻宏《ふこう》を皇太子に立てたことで、義理は果たした気になっているのは責められない。

また、苻堅の関心をその身に集めていた寵妃の張夫人は、容色や閨房術で苻堅を魅了したのではない。才知と識見を具えた女性で、知的な会話を求める苻堅のよき話し相手を務めた。物事の道理をわきまえた後宮の実力者として天王后の苟氏を立て、差し出た振る舞いがなかったので、苻堅の後宮には寵争いといった波風は立たず、いたって平穏であった。

そこへ、敗戦国の捕虜とはいえ、苟氏や張氏よりも血筋の高貴な美貌の少女が後宮入りしてきた。しかも、天王后の次席である天王妃の位を賜ることが、十四歳にして内定していた。

清河公主が入宮したその日から、苻堅は足繁《あししげ》く後宮に通うようになり、朝まで公主の鳳凰殿で過ごす頻度が増えた。

清河公主が苻堅の男子を産めば、慕容氏が外戚となって力を増してくる。子を生さずとも、苻堅がこの亡国の美少女を寵愛《ちょうあい》すれば、清河公主が閨房《けいぼう》で慕容氏に有利なように人事を図ってもらうよう、苻堅の耳にささやかないとも限らない。さらにその上、清河公主とともに、弟の慕容沖まで鳳凰殿に召し上げられたことが、後宮の空気をいっそう不穏なものとしていたのだ。

慕容沖の容姿の秀麗さは、戦国時代の伝説的な寵童であった龍陽君《りゅうようくん》に喩《たと》えられるほどであったから、入宮の理由もさもありなんと人々は目配せとささやきを交わした。大秦《だいしん》は、滅ぼした国の血統という身中の虫を、宗室の内側に抱え込んでしまったのだ。未央宮のあちこちで交わされる不穏な噂に、翠鱗の胸はざわついた。

私生活に関する世論の批判をかわすかのように、苻堅は戦勝に浮かれ酔うことなく論功行賞を始めた。

そして大燕《だいえん》の領有していた郡県の戸籍の点検と、降伏してきた各州の首長らの引見、さらに帰順した部族で戦乱によって故地を追われたものたちの帰還を許可し、新たに移住を望む部族らには土地を与えるなどの細々とした決裁まで、それこそ食事する暇もなく仕事に追われている。

戦後の処理が一段落すると、苻堅は冀州牧《きしゆうぼく》に任命して鄴都《ぎようと》を治めさせていた王猛《おうもう》を長安に呼び戻した。入れ替わりに、成長して頼もしくなってきた弟の苻融《ふゆう》を、鎮東《ちんとう》大将軍と冀州牧に任じて鄴へ送り出し、旧燕領の平定を継続させる。

苻堅は王猛を丞相として、内政の充実を図らせる。人間が戦争していようとおかまいなしに旱魃は農作物を破壊し、農民を痛めつけて、為政者を眠るひまもない救荒対策に奔走させる。また、鮮卑《せんぴ》人《じん》だけではなく、大秦の威光を頼って続々と服属を願い出る移民や難民を受け容れるためにも、長安城は拡張と終わりのない土木事業、都市設備の修繕を必要としていた。水道と道路を整備し、交易施設を設置し、小学、大学を建てて学問を励行する。

内政が充実していく一方、初夏には苻堅に服属していた仇池《きゆうち》の氏族が晋《しん》に寝返ったため、軍を送ってこれを鎮圧した。

いまや長安は華北の中心であり、それはつまり世界の心臓であった。

東西と南北の物資が集まり、拡散されてゆく。珍しい物品と動物、地上に知られたあらゆる人種が出入りし、交流する都。南方の湿地帯に逼塞《ひっそく》する晋が、いかに中華の朝廷として正統性を主張しようと、真に栄え平安を保ち、国民を富ませる国家こそが、天命の執行者なのだ。ゆえに、大秦の都では老朽した建造物は取り壊し、あるいは改築し、末端の政庁にいたるまで世界の首都に相応しい様相を顕示しなくてはならない。

だがその一方で、都市の再建にかかる膨大な費用を増税でまかなうことは避け、官吏の俸給を見直し、朝廷や後宮の支出を抑えて財政の安定を図る。度重なる戦争や天災で疲弊した民と産業を回復させ、治安を守ることに苻堅は夢中であった。

晋を征服して中華全土を統一するまで、苻堅は皇帝を名乗るつもりはない。

人界において、苻堅よりも熱意を持って政を行い、上下や出自にこだわることなく人材を採用し、百姓の安寧を願って執政に励む君主や領主を、翠鱗は知らない。

やっぱり、天子となるべき聖王は、苻堅であると確信する。

そのために、自分はもっと強く能力のある守護獣となりたい。

大燕征服は、苻堅が事前に立てた作戦通りに進み、王猛の臨機応変な戦術によって、ほぼ順調に洛陽から鄴までの攻略が進んだ。苻堅自身は厚く護られた本陣から指令を出して報告を受け、鄴の攻城戦も先陣に立つことなく勝利したので、翠鱗には守護獣としては活躍の場はなかった。即位前の姚襄討伐において三原の乱戦を生き延びた、細い綱の上を疾走する緊張感を、この戦で翠鱗は一度も体験しなかった。

一角《いっかく》が石勒《せきろく》の守護獣を務めていたときは、姚襄討伐のような命ぎりぎりの戦をいくつも乗り越えたという話だったから、戦争と政争の経験が片手の指で数えられてしまう翠鱗が神獣に昇格するには、まだまだ試練が足りないのだろう。

「まずは、あの鷹もどきの正体を調べなくちゃ」

聖王の器がただひとりではないとして、いまだ守護獣のついていない慕容沖と羌族《きょうぞく》の姚萇はともかく、苻堅の覇業を妨げる可能性があるのは慕容垂だ。

慕容垂が朝廷にあるときは、鷹もどきを未央宮へ帯同することはなかった。そうすると慕容垂が城下に構えている邸に忍び込んで、鷹もどきと対峙する必要がある。自分が相手の霊気を察知したのと同様に、向こうも自分の霊気を感知するであろうから、陰からこっそり観察することはまず無理だ。

いろいろ考えた末、人間の姿で行けば、いきなり鷲摑《わしづか》みにされることはないだろうと考えた。そこで退城して帰邸する慕容垂を尾行して、出入りする人間たちを見張り、あるいは邸の周辺を偵察して、かの鷹もどき――おそらくは鸞《らん》――の霊気を感じ取ろうとした。

何度目かの尾行のあと、邸に入っていった慕容垂一行を見送り、一区画は占領する広大な敷地《しきち》の塀の外を一周した翠鱗は、この日も鷹もどきの気配を探し当てることができなかった。いや、気配は感じるのだが、邸のどのあたりにいるのか見当がつかない。しかも、宮殿や城下であれば居場所を特定できる慕容垂の気配も見えなくなってしまう。

「結界でも張ってあるのかな」

考え込み、近隣の物見櫓《ものみやぐら》か仏塔にでも上がって、邸内を俯瞰する手段はないかとあたりを見回す。

「翠鱗」

上の空で塀に沿って歩いていた翠鱗は、急に名を呼ばれて驚き、声のした方へと振り向いた。

赤毛の青年がにこやかに近づいてくる。

「一角！」

翠鱗は再会の喜びにぴょんと飛び上がった。その仕草が見た目の年相応な少年らしく、一角はいっそう柔らかく微笑む。

「元気そうで良かった。背も伸びたね。人間なら、十二歳くらいかな。最初に変化したときは七歳くらいだったけど。二十年も経っていないことを思うと、ずいぶんと成長が早い。といっても、人間の成長度合いも個人差があって、どうかすると体の大きな子どもや、背の低いおとなもいるから、見た目だけでは判断できないけどね。季龍《きりゅう》は十六でもう十八歳くらいに見えた。羯族《けつぞく》や西方人は、漢族よりも体格がいいからかもだけど」

翠鱗は自分の体を見下ろして、あまり自覚のない成長ぶりを見直す。

「自分ではよくわからないけど、本体の方が動きやすくて、人間のときは一角みたいに身軽に動けないから、変化はさぼりがちなんだ。尻尾がないとどうも不安定で。でも、寝ている間も人間の姿で何日も暮らすことは問題ない」

ちょっと恥ずかしそうに、そして同じくらい控えめに自慢する。一角はそれで充分だと請け合った。

「秦軍が鄴を攻めたと聞いて、山から下りてきたんだ。忙しそうだったから声をかけなかったけど、危険な目に遭うこともなかったようで良かった」

「見てたの？　会いに来てくれたらよかったのに」

ずっと一角の再来を願い、華山の方角に念を送っていた翠鱗は、少しふてくされて応える。

「うまくやっていたようだし。あまり人界のことに介入もできないしね」

一角は申し訳なさそうに言った。それから塀を見上げる。

「この邸に用があるようだけど？」

「ここに住んでる冠軍将軍の慕容垂を知ってる？」

「慕容、ということは燕の皇族だね。敗北した慕容一族が長安に移住して、何人も秦の重職に就いたと聞いたけど」

「慕容垂は、秦が燕に侵攻する前に亡命してきた燕の皇族だ。桓温《かんおん》を撃退したこともあるすごく優秀な将軍なんだけど、身内のいざこざがあって――」

翠鱗は、慕容垂が祖国を捨てて秦に逃れてきたいきさつと、その後は燕侵攻の露払いを務めたこと、逃走した皇帝一行の追撃を命じられて捕獲に貢献したことを教える。

「それはまた、複雑な立ち位置だね」

一角はそこはかとなく同情気味に相槌を打つ。

「その慕容垂の何が気になるの？　慕容一族を集めて謀反でも起こしそう？」

翠鱗は首を横に振った。立ち話も怪しまれるので、一角を促して通りを歩きながら話を続けた。

「それがね、かれも聖王みたいなんだ。仏像の光背みたいに、淡い白銅色の光を放っている。しかも、鳳凰の雛だと思うんだけど、守護鳥がついている。人間じゃなくて、大鷹に変化して正体を隠しているみたい」

その後は、これまで溜め込んでいた不安や疑問を、滝のような勢いでまくしたてる。

光を帯びた人間が苻堅と慕容垂だけではないことから、天命の遂行者が誰なのか見当がつかなくなってきたこと、そして、三本の爪しか持たない自分は、本当に霊獣になれるのか、ということ。だんだんと筋道がずれて、何が言いたいのか、何を訊きたいのか混乱してくるままに、一角は翠鱗の話を黙って聞き続けた。

「霊獣の仔が変化するのは人間だと聞いているけど、それが普通かどうかなんて断言できるほど、私も他の霊獣を知らない。その気になれば麒麟の私も鹿か馬に変化できるのかもね。人間に変化するより簡単な気がしてきた。でもその必要がないし、むしろ人間に狙われて危険だから、試したこともない。それはともかく」

一角はいったん言葉を切って、高い塀を見上げた。

「屋根に擬態していた翠鱗を遠くから見分けた大鷹の正体が、妖鳥ではなく鳳凰の雛かどうか確かめたいところだね」

塀の向こうを透かし見るように、一角は目を細める。

「結界が張ってある。それほど厚くないから忍び込めそうではあるけど、そうするにはまだ日が高い。眺めが良くて人の目に立たないところへ移動しよう。翠鱗の疑問について、いろいろ考察する必要もあることだし」

一角は長安でも商業区へと翠鱗を連れていった。生産階級の人間たちの区画を歩いたことのない翠鱗は、人通りの賑《にぎ》やかさに驚き、珍しげにあたりを見渡した。

「長安は何度も戦禍をくぐり抜けて、廃墟《はいきょ》になったことは一度ではないけど、復興するのも早い。人間たちはすごいなと思う」

廃墟の長安など想像できないと感嘆の声を上げる翠鱗を、一角は質素な門を構えたこぎれいな民居へ招き入れた。かつて朱厭と三人で人界を渡り歩いていたときに利用していたような、見捨てられた廃屋を無断で拝借しているわけではなさそうだ。

掃除は行き届き、調度もそろっていた。

「この家はちゃんと借りているよ。人を雇って、数日おきに掃除や手入れをさせている。長安では区画を整理して、治安の悪い地区や貧窮街を撤去して、持ち主不明な家屋はみな改修したり、取り壊してしまっている。不便でない地区で人目を憚らず過ごせる場所は、そうそう見つからない。まあ、それだけ長安が平和で、庶民にとって住みよくなってきたということだね」

　翠鱗は苻堅の善政が行き渡っていることを褒められたと受け取り、嬉しげに微笑んだ。そのとき、朱厭が厨房《ちゅうぼう》から甘い香りを漂わせて出てきた。

「おお、翠鱗。久しぶりだな。ずいぶんと大きくなった」

　朱厭の赤い体毛は、老化の兆候であるのか、淡く退色して白っぽくなっていた。

「一角が今夜あたり、おまえを連れてくると言っていたから、芋をふかしておいたぞ。街に住んでいると、なんでもかんでも銭を出して買わないと、食べるものも住むところもない。銭に換える薬草やら玉石やらを調達しに、いちいち山へ帰らにゃならんのは、まったくもって不便なことだ」

　声もしわがれていて、芋をのせた盆を差し出す手指も、なんだか萎《しな》びて老いたように思える。会っていなかった年月は、長寿の朱厭にも容赦なく過ぎ去っていた。

　茶を沸かして三つの茶碗《ちゃわん》に注いでから、三人は車座になって芋を頬張る。

　翠鱗の前を去ってからの一角は、思うところあって旧知を訪ねたり、調べ物をしていたという。

「時々ようすを見に来るって、約束したから、こちらを通るときは未央宮に忍び込んで、翠鱗が元気そうなのを見たら山に帰っていた」

言い訳めいた笑みを浮かべて、言い添える。翠鱗は腹立たしさを感じ、口を尖らせて一角をにらみつけた。

「いつも一角のことを心話で呼んでいたのに、届かなかったの？　会いたい、話したい、ってぼくの声、聞こえなかった？」

一角は困惑の微笑を引っ込め、眉を曇らせる。

「教えてなかったかな。心話は遠くまで飛ばせない。思念の届く範囲は、声に出して話すのと変わらないんだよ」

数年越しの努力に意味がなかったことを知り、翠鱗はがっくりと肩を落とした。

「ところで、光輝を放つ人間が、この長安に四人もいるという話だけど」

一角は本題に入る。朱厭はその話題に驚き、翠鱗は勢い込んで話し始めた。

「みんな、同じような光り方をしているのかい？」

一角に問われて、翠鱗は上目遣いに天井をにらみつけた。記憶に残る映像を、目の前に結んでみる。

苻堅の光暈は満月にかかった暈のように安定した円を描き、色は内側は眩しい白で時に紫の色を帯び、外側へは金銅みを帯びて放射状に輝いている。

姚萇のは、焚き火《たび》のように揺れる暖色だ。色そのものは淡く、形は円ではなく火炎光背を背負った憤怒《ふんぬ》神の像を連想する。

慕容垂の光暈は苻堅のそれとよく似ている。ただ、中心は高温の炎のように青みがかっていて、陽光の下では淡い白銅色となる。

そして、いまだ十二歳の慕容沖は、ただほぐした真綿で包み込んだような、明るく無垢《むく》な白い靄であった。

「その人間の体を包む光は、本当に聖王のしるしなの？　本当にそうなら、聖王のもつ光暈って色や輝きが決まっているの？　誰が本当の聖王の器なの？」

翠鱗の質問責めに、一角は右手で顎をこすりながら考え込んだ。

「君は『光暈』と言っているけど、それは四人とも体を包むような暈《かさ》の形をしているんだね？」

念を押された翠鱗は、こっくりとうなずいた。

「苻堅の光輝、君の言うところの光暈は、私もこの目で見たからわかる。でも、私の覚えている世龍《せりゅう》と劉淵《りゅうえん》の輝きとは違う。ふたりの光輝も同じではなかった。だから、どのしるしが、聖王の器を現しているのかは謎としか言えない」

そして、世龍の放っていた光は、ぼんやりとした優しい光の暈ではなく、額から伸びて天を突く眩しい白光であったことを説明した。

「それこそ、何百里も離れていても、そこにいることがわかるくらいのね。劉淵の方は、空気の澄んだ夜に、北の稜線《りょうせん》に立ち上る赤光に似ていた。赤光ほどの幅はなくて、これも山をいくつか隔てても見つけられるくらい、遠くから見える光輝だった」

その目で見てきた現象について、一角でさえその理由や起因を正しく知り、理解しているわけではないと詫びる。

「聖王のしるし、というか、何か尋常ではない才覚や精神力が、霊気として発散されているのかもしれないね。例えば、私が覚えている限り、世龍の光輝が一番強烈だったような気がする。劉淵といま長安に集っている四人は、いずれも生まれたときから身分が高く、学問を嗜《たしな》み、成人するころには数千、数万という領民や兵士に号令できる地位にあった。だけど、世龍は小部族の小帥《しょうすい》ではあったものの、一介の農民と変わらない貧しい生活をしていた。文字も読めず、一時は流浪して木の根を嚙んで生き延び、奴隷の身分にまで落とされたところから、漢族ではない異民族が皇帝になどなれないという通念を打ち破り、しかも氏姓を持たない異民族として、最初の皇帝となった。何に突き動かされたらそんな生き方ができるのか——あの白光は、何があっても、どれだけ苛酷な運命に打ちのめされても、越えられない壁があればそれを突き崩してでも、断固として前に進もうとする世龍の、折れない精神力の強さだったのかなと、思うことがある」

　では苻堅をはじめ、四人の持つ光暈は何を意味しているのか。翠鱗が考え込んでいると、一角がかれの定見を述べる。

「たぶん、精神力や生気、何かを信じる思いの強さとかが、肉体からあふれてしまっているのかもしれないね。並みの精神力の持ち主ではないことは確かだな。あるい信念の強さかもしれない。皇帝の位についた人間すべてが光輝や光暈を持つわけではないのだしね。翠鱗に問われるまで疑問に思ったことがないけど、『聖王のしるし』という定義が、そもそも曖昧だ」

　一角は思案に暮れた顔で身を乗り出し、翠鱗に提案した。

「翠鱗。やはり西王母に会いにいってはどうだろう。長安から陸吾神《りくご》の昆侖山《こんろんざん》までは、それほど遠くない。翠鱗の足でひと月もかからないと思う。そこで昆侖の結界が開かずに陸吾神に玉山への道を教えてもらえなければ、翠鱗にはまだ天命を担う力がないということだ。その先の苦労は必要ない。そしたら山に帰って、のんびり暮らせばいい。天命への挑戦は、もっと成長して、しっかり霊力が備わってからでいいと思う。霊獣になれるかどうかは、時間が教えてくれる」

　翠鱗は一角の提案をよく考えてみた。視線を落として自分の手を眺める。人の姿をしているときは五本の指をしているが、蛟体に戻れば三本の爪だ。かつて山神のひと柱に、爪の数が足りないので霊獣の幼体ではないだろうと言われたことが、ずっと心にかかっていた。

もしもこれから玉山への旅に出たとしても、最初の試練で『霊獣の仔ではない』という判定を下されてしまったら、これまでの努力が無駄になってしまう。なにより、自分が不在のあいだ、誰が苻堅を悪運から守るのか。慕容垂に守護鳥がついているということは、慕容垂に苻堅を倒して成り代わる機会を与えてしまうのではないか。

「ちょっと、考えてみる」

結論を出せないまま、翠鱗はうな垂れて旧知の友の家を辞した。

日没後に慕容垂の邸に乗り込んで、大鷹もどきの正体を明らかにしにいく予定を、一角も翠鱗もすっかり忘れてしまっていた。

その夜、未央宮に戻った翠鱗は、月の光を浴びて立ち並ぶ宮殿の、黄色い屋根から屋根へと飛び移り、あるいはうっそうと草木の茂る庭園の中を当てもなく歩き回った。いつの間にか、明るい灯籠がいくつも下がり、芳しい香りの漂う掖庭《えきてい》に迷い込む。

后妃と公主、そして年少の皇子らの住まいである後宮は、夜更けでも人々の気配が絶えない。華美を抑える節約を旨としていても、衛兵や下仕えの者たちが迷い転ばないように、灯籠の火を絶やすことはない。

時鐘を鳴らす宦官が通り過ぎるのを、植え込みの陰に駆け込んでやり過ごす。さてそろそろ書院へ帰ろうかと思ったところで、前足が枯れた小枝を踏み折って乾いた音を立てた。

思いがけなく近くで「ヒュッ」と息を呑む音がした。翠鱗はピタリと動きを止め、あたりの空気を嗅ぐ。姿を隠した人間のしょっぱいにおいがする。宮殿と通路を歩く人影に注意を払っていたせいで、近くに誰かが潜んでいるとは思いもつかなかった。植え込みの中に隠れているとしたら、それは曲者《くせもの》だ。暗殺者か間者のどちらかでしかない。

しかし翠鱗の鼻腔に満ちたのは、緊張と汗、そして怯えのにおいだ。曲者であれば、警戒を強めても恐怖を感じているはずはない。それに、悪意のある闖入者《ちんにゅうしゃ》であれば、いっそう息を潜めるはずが、むしろ呼吸が速くなっている。

そして、衣服に焚き込められた香と、強く濃い汗のにおいが翠鱗を混乱させた。呼気と植え込みの大きさからして、そこに隠れているのは小柄な女性か少年のようであるのに、成人した男の体臭も嗅ぎ取れる。

苻堅が即位する前から未央宮に出入りしてきた翠鱗は、そこで生きる人々のにおいをおおよそ把握している。成人前の宦官である通貞のにおいに一番近いが、宦官に特有のにおいもしない。

潜入者の正体を特定できず混乱した翠鱗は、間者ではなく後宮の住人であろうと判断して人間の姿に変じて立ち上がった。植え込みは翠鱗の胸あたりの高さで、枝葉は濃く繁っている。

においの源を探る必要もなく、十五歩先にぼんやりとした明るい光を見つけ、驚きのために、翠鱗は声を失った。このような光を放つ人間は、翠鱗の知る限り、ひとりしかいない。

植え込みの中で身を縮めている少年の気配に、気づかぬように通り過ぎるべきかと考えたのだが、翠鱗の足は地面に貼り付いて離れない。

間もなく二十年に届こうという人界における生活で、翠鱗は苻堅以外の人間としゃべったことが、ほとんどない。蛟体でいるときは、常に周囲の色に溶け込み、誰の目にも留まらないようにしてきた。人間の姿でいるときは気配を消し、薄い存在を保って誰の注意も引かず、誰の記憶にも残らない官奴の子どもとして振る舞ってきた。

だが、この少年とは初対面のときに目が合った。目が合っただけではなく、薄いまぶたを大きく開いて、翠鱗をじっと見つめてきた。周囲の人間の注意を逸らす薄い結界の膜を透かして、はっきりと翠鱗の存在を感知したのだ。

身分差を考えれば、小姓を装っていた翠鱗が燕帝の弟公子と目を合わせることは、甚だ礼を欠くことであった。はじめから相手の顔を正面から見つめるべきではなかったし、目が合ってしまったら、翠鱗から先に視線を落とさねばならなかった。

が、翠鱗には人間の作法がいまだに身についておらず、しかも苻堅以外の人間と目を合わせたのが初めてのことで、対等な目線で相互の存在を認識したことが、ただただ新鮮であったのだ。

そうしたことを思い出し、ぼんやりとした淡い光を見ているうちに、翠鱗はこの距離であったら、声を出さずに心に話しかけても聞こえるかもしれないと思った。

——鳳皇《ほうこう》？——

ひどく動揺する気配とともに、ガサガサと植え込みの枝葉が揺れた。呼吸は荒く、どっと発汗したらしきしょっぱいにおいが夜の大気に立ち昇る。

やはり聞こえるのだ、と翠鱗は確信した。何度か通りすがりの人間に心話で話しかけてみたことがある。反応した者はひとりもいなかったが、慕容沖には聞こえる。

——そこにいるの？　どうして隠れているの？　寒くない？——

翠鱗の問いかけに、いっそう身を引いて縮こまる気配がした。

淡い光へとゆっくりと近づいて、翠鱗は茂みを掻き分けた。

自らが放つ光にも劣らぬ白く艶やかな肌をした少年が、身の丈に余る豪奢《ごうしゃ》な絹織の深衣の衿を乱雑にかき合わせて、両腕を抱いて地べたにしゃがみ込んでいた。割れた裾から裸足《はだし》がのぞき、つま先が土で汚れているのが見えた。

「沓《くつ》はどうしたの？　どこかでなくした？」

無邪気で無頓着な翠鱗の問いに、慕容沖は二度、三度と瞬きを返す。返事に困っているようだ。

月の天人が降りてきたみたいだ、と翠鱗は脈絡もなく思った。その内心のつぶやきも相手に聞こえてしまったようで、慕容沖は口元を歪めて翠鱗をにらみつけた。

「控えよ！　貴様は何者だ！」

高飛車な誰何も、乱れた深衣にくるまるようにしてしゃがみ込んだ姿勢では、威厳も何もない。月明かりの下でよく見れば髪も乱れ、頬には涙のあとがある。

「誰かに叱られた？　それとも、喧嘩《けんか》したの？　どこか痛い？　怪我してる？」

精一杯放った怒気にまったく頓着したようすもなく、質問を繰り返す翠鱗に、慕容沖は口を薄く開けて叱咤《しった》の言葉を探す。翠鱗はお構いなく慕容沖に近づいて、すぐそばにしゃがみこんだ。互いの睫《まつげ》までが見える距離で顔を見合わせ、翠鱗はにこりと微笑んだ。

「下がれ!」

精一杯の虚勢で叩《たた》きつけた言葉も、翠鱗の額を軽く弾《はじ》いただけで、地面に落ちる前に空気に溶ける。

「うちに帰りたくなったの? でも鄴は遠いし、家族はみんな長安に移ったんだよね。あ、そういえば、どうしてここにいるの? お母さんと一緒に、新興侯のお兄さんの邸に住んでるのじゃなかった? お兄さんは城下に大きな邸をもらったんだよね」

まったく場の空気も相手の立場も理解していない翠鱗の疑問に、慕容沖は怒りの矛先をなくし、頑《かたく》なに口を閉じる。

言葉を引き出せず、翠鱗は困り果てて慕容沖の前に座り込んだ。鼻をくすぐる香と汗のにおいに、翠鱗は馴染み深い感覚を覚え、目の前の少年に親しみを覚えた。

「あ、君の最初の質問に答えてなかった。ぼくは翠鱗という。ふだんは文玉《ぶんぎょく》の書院番をしていて、出陣するときは小姓も兼ねてる」

「文玉?」

慕容沖は形の良い眉を寄せて、問い返した。慕容氏の宗室にある慕容沖が、苻堅の字を知らないはずがないと思った翠鱗だが、すぐに一介の使用人が、仕える主を字で呼び捨てにすることが異常であると思い至る。

「主上の、ね」

決まり悪げな笑みを浮かべて、不自然に言い直した翠鱗を、慕容沖はまじまじと見つめた。それから蔑むような色を瞳に浮かべ、ふんと鼻を鳴らして吐き捨てた。

「貴様も、あいつの寵童か」

従者がその主を呼び捨てにする関係について、慕容沖は翠鱗にとって想定外の結論に達したらしい。

「『も』？　寵童、って？」

きょとんとして問い返す翠鱗に、慕容沖は苛立たしげに怒鳴りつける。

「後宮にまで出入りが許された小姓といえば、寵童以外にあり得ないだろうが！」

なんだか気の短い少年だな、と翠鱗は少しばかり辟易《へきえき》とする。そして、先ほど親しみを覚えた薫香の『香り』と汗の『におい』の正体に気がついて鼻を近づける。

「君、主上と同じにおいがするね」

慕容沖の首から頰、額までさっと赤く染まり、拳が翠鱗の目の前をかすめた。反射的に身を反らさなかったら、頬骨か鼻柱を折られていたかもしれない。拳を繰り出した姿勢では体重が乗っていなかったと思われるので、痣を作っただけかもしれないが。

よけたはずみで尻餅をついた翠鱗に、身を伏せていた狐か猫のように慕容沖が跳びかかった。両膝で翠鱗の腰を挟み、左手で肩を押さえつけ、右手で前髪を掴む。

「貴様なんぞと一緒にするな！」

翠鱗は無抵抗に前髪ごと上に引っ張られ、次に頭を地面に打ち付けられた。髪を引っ張られる痛みと、木の根や砂利に打たれる後頭部の痛みを、翠鱗は歯を食いしばって耐えた。

翠鱗を痛めつけるたびに発せられる「ふざけるな」「奴隷のくせに」という罵りのひとつひとつに、地に頭を叩きつけられるよりも耐えがたい苦痛、たとえば切りつけられた喉から叫びとともに血がしぶくような鋭い痛み、あるいは腹の奥に灼熱《しゃくねつ》の炮烙《ほうらく》でも抱かされたような痛みが、翠鱗の心身に流れ込んでくる。

それは、苻堅が父と兄を亡くしたときの慟哭に似ていた。それだけでなく、自身を焼き尽くすような恨みと怒りに満ちていた。翠鱗は突然の暴力に耐え涙を流しつつ「ごめんなさい、ごめんなさい」と繰り返し訴える。慕容沖の頬もまた濡れていた。

やがて力が尽きたのか、もともと疲れ切っていたのか、慕容沖は間もなく翠鱗の横に突っ伏してわあわあと声を上げて泣いた。握りしめた拳の指の間から、枯れ葉や柔らかい土がはみ出ている。

こんなに騒音を立てては、聞きつけた衛兵や宦官が駆けつけてしまうとぼんやり思った翠鱗は、霊力を広げて人避《ひとよ》けの結界を張った。おそろしく自尊心の高い少年が、地べたに伏せて泣き叫んでいるところなど、誰にも見られたくないのでは、と考えたからだ。

翠鱗はゆっくりと体を起こし、頭に触って怪我をしていないか、あるいは衝撃のために変化が部分的に解けて角など出していないか確かめる。それから地面に突っ伏したままの少年の背中を眺めた。

おかしなことになった、と翠鱗は思った。

慕容沖が怒っている理由も、自分が攻撃された理由も、さっぱりわからない。戦争に負けた側の人間が、ひどくつらい思いをすることは知っているので、この少年も負けた悔しさに感情が制御できずにいるのだろう。祖国を滅ぼした苻堅の側仕《そばづか》えというだけで、翠鱗は怒りをぶつける対象として充分な存在になるのかもしれない。

「ねえ」

嗚咽が途絶えたところで、翠鱗は声をかけて背中を揺すってみた。反応がない。

慕容沖はいつの間にかうつ伏せになったまま、寝息を立てていた。

慎重にひっくり返して抱き起こしてみたところ、思ったほど重くない。翠鱗に運べないということはなさそうだが、少年の帰るべき宮殿の見当がつかなかった。

「困ったな」

途方に暮れる翠鱗は、誰かが近づいてくる気配を感じた。翠鱗の張った結界に入り込んでくる者の見当は簡単につく。

「大変だったね」

いつものように穏やかな口調と物腰で、一角が話しかけてくる。翠鱗は助けが来たと喜んだ。

「どこから来たのかわからないから、どこへ連れ戻していいかわからない。文玉のことですごく怒っているみたいだから、文玉に助けてもらうわけにもいかないと思う」

「清河公主のおさめられている鳳凰殿だ」

一角があっさりと断言するので、翠鱗は驚きあきれる。

「どうして知っているの？」

「みんな知っているよ。長安じゅうの人間が謡《うたい》にして広めている。『雌鳥《めんどり》が一羽、雄《おん》鳥《どり》が一羽、そろって紫宮に飛び込んだ』というの、今日も巷《ちまた》で誰かが謡っているのを耳にしたろう?」

「都の人たちは、いつも噂話に夢中で小鳥のように囀《さえず》っているから、いちいち気にしたことなかった」

翠鱗は目を瞠って応じた。

「人間の心は言葉に表れる。世相は謡で読み取れる。これからは大衆の言葉にも少し気を配った方がいい。苻堅に孌童《れんどう》趣味があったとは初耳だけど、まあ、慕容家の姉弟がどんな聖人君子も惑わす美形だったというのは、噂通りではあるね」

青い月の光に濡れて眠る少年の寝顔を見下ろして、一角は囁き声で言った。

「どういうこと? 鳳皇のために文玉は聖王の資格をなくしてしまうってこと?」

焦りを声にも表情にも出して、翠鱗は訊ねる。

「このまま苻堅が姉弟に執着し続ければ、そうなるかもしれない。そろそろ都の評判を耳に入れた王猛あたりが、未成年だろうと宗室の男子でない者を後宮に囲うなと諫言するだろうから、翠鱗は心配しなくていい」

翠鱗は目を丸くして一角を見上げる。翡翠の色をした、月のように澄んだ丸い瞳が、琥珀色《こはくいろ》に透ける一角の目と見つめ合った。

「さ、慕容沖を寝床に入れてしまおう。脱けだしたとわかると、騒ぎになる」

一角の助けで順調に慕容沖を鳳凰殿に送り届け、誰にも気づかれぬように寝台に寝かしつける。その後は天王后の宮殿である椒房殿《しょうぼうでん》の屋根に登って、月を見ながら話の続きをする。

「ついてきてくれたのなら、ぼくの書院で話せばよかったのに」

屈託のない翠鱗の苦情に、一角は苦笑を返す。

「いや、翠鱗の話が気になったので、慕容沖の負った光暈がどんなものか、見にきたんだよ。ここへ来る前に、姚萇の邸にも忍び込んで見てきた。慕容垂の邸には結界が張ってあったから、入らなかったけどね」

翠鱗は「へえ」と応じる。今夜は驚くことばかりだ。

「それで、どう思った？」

「どうなんだろう。私がどう思ったところで、真の聖王が誰なのかとか、誰が中原を制するのか、天地の真理に近づけるのか、という謎について正しい答を出せるとは思わないでくれよ。私は君と同じくらい、何もわかっていないんだ」

しばらく双方ともに沈黙し、月明かりに浸る。翠鱗は不安げにつぶやいた。

「文玉は、天子になれる？」

少しの間を置いて、一角は「わからない」と応えた。翠鱗は別の問いを続ける。

「鳳皇は、どうしてあんなに怒っていたんだろう。文玉がなにか、ひどいことをしたのかな。文玉は自分より弱い者をいじめるような人間じゃないはずだけど」

一角はあぐらに組んだ膝の上に肘を置き、頬杖《ほおづえ》をついて翠鱗の顔をのぞき込む。

「苻堅の聖徳を、疑っていないんだね」

一角の皮肉めいた微笑に、翠鱗はむっと頰を膨らませる。

「だって、長安はすごく住みやすくなってきて、税は軽くなって、孤児や寡婦は生活に困らなくなって、官吏になる人たちは学問所できちんと教育を受けられて、兵士は貧しい人々に乱暴を働かないし、庶民も役人も法律をちゃんと守るようになって、それから——それから戦争を仕掛けてきた国々は貢ぎ物を持ってくるようになった。苻堅はみんなが幸せになれる国を創ろうとしているんだよ」

必死で苻堅の成し遂げたここ数年の業績を数え上げる翠鱗に、一角は浅くうなずいて応える。

「うん。苻堅はよくやっている。崇高な理想を掲げて邁進《まいしん》しているのは確かだ。だけど、私生活においても聖人君子であるかどうか、というのも公人である以上は厳しく問われる。政が清廉であればあるほど、私事の方も厳しい目で見られてしまうんだ。

勝者が敗戦国の美姫《びき》を妃として娶《めと》るのは、世の習いだから責められることはないけど、その弟まで閨に上げるのは世間に認められることじゃない。そういう一般倫理がどうこうという以前に、慕容沖にとっては屈辱的な待遇だったと思う。苻堅が美少年を抱きたければ、高貴の係累を持たず、自尊心もない、従順な少年を密かに愛するべきで、中原に知られた亡国の皇帝の遺児をおおっぴらに弄ぶなんて、君主のすべきことじゃない。まして慕容沖はかれの息子たちと変わらない年頃の少年だ」

かすかな嫌悪感を滲ませて眉をひそめる一角の、話の半分も意味がわからないような顔をして、翠鱗は呆然《ぼうぜん》と耳を傾ける。一角はふっと息を吐いてかすかに微笑した。

「とはいえ、男女にかかわらずこれまで苻堅が愛欲に溺れたという話は聞かないから、あの姉弟が桁外れに美しかったせいで、心が惑わされたんじゃないかな。人間は過ちを犯すものだし、苻堅が聖道を踏み外すかどうかは、かれの克己心にかかっている」

翠鱗は一角を翡翠色の目で見つめ、それから満天の空へと視線を移した。星が幾条か流れ、月はいつのまにか西へ傾いていた。考えを整理している翠鱗の肩を、一角が軽く叩く。

「あまり深く考えない方がいい。苻堅が聖道を外れたとしても、それは苻堅自身が選んだ道であって、翠鱗の落ち度ではない。私たちはただ、平和が少しでも早く実現したり、長続きするよう、人の世に寄り添っているだけでいい」

一角は、翠鱗の天命というものに対する意気込みや、苻堅への思い入れの強さをたしなめるつもりでそう忠告したのかもしれない。人の命は短くて、かれらのかたわらを慌ただしく通り過ぎてゆくものだから。

だが、一角のそうした人界への諦観を共有するほど、翠鱗は長い時間を生きていなかったし、人間の作り出す世界に深くのめり込んでいた。その夜は慕容沖の絶望に近い激情を叩きつけられ、その渦に巻き込まれたばかりで、とても感傷的になっていたのだ。

第六章　一視同仁

人界の流れにどこまで干渉してよいものか、翠鱗《すいりん》が自身の結論を出すまでに、まだしばらくの時間が必要であった。

椒房殿の屋根の上で、翠鱗と一角《いっかく》は夜明け近くまで話し込んだ。一角は城下の民居では話題に出さなかった件について、躊躇《ちゅうちょ》しながらも打ち明けた。それは翠鱗にとって、驚くべき内容だった。

「実はね、前に翠鱗と話したあとで、玉山へ行ってみたんだ」

一角自身は、天命を拝するために一度だけ玉山に登り、西王母《せいおうぼ》に面会して以来、再訪していない。招かれざる者は入ることを許されない山に入ることで、人も獣も己の霊格を知る。おのれの未熟さを知り、神格や霊格を磨くことを望む者は、試練を求めて西王母を訪ねるのだ。

神獣に昇格して己の山と領域を得た一角は、強い獣に捕食されることに怯える必要もなく、ことさら人界にかかわる必要もなくなった。ただ悠々と天地の狭間《はざま》に生きることを楽しめばいい。仙界の住人である西王母に時間を取らせる理由はなく、退屈すれば空を翔《か》けて旧知を訪ね、未《ま》だ見ぬ天地へと旅に出る。

悠々自適に生きればよい一方、定期的に人界に降りて時代の流れを知ることも、山神としての重要な務めであった。王朝が革命で交代したり、天災や戦争によって大規模な人口が移動すると、神域を抱く山々にも影響があるため、人界の出来事にまったくの無関心ではいられないのだ。

さらに、一角は翠鱗のことが心配だった。幼体期を短縮し、一気におのれの霊格を高める試練については、西王母に会う必要があると一角は信じていた。だから、このまま翠鱗が独断で突っ走ってしまうことで、せっかくの努力が無駄になるのではと案じた。また、人界は石趙《せきちょう》が滅び、華北がいくつもの勢力圏に分かれて混迷を極めていくようすも見過ごせなかった。

そこで一角は霊獣の真実と天命の是非について、西王母に教えを乞うために玉山へ向かった。しかし、何日、何ヵ月と玉山の周囲を歩き回っても、ついに一角のために結界が解かれることはなかった。西王母が一角麒《いっかくき》の霊気を察知していないはずはないので、意図的に無視されたのだろう。一角にはどうしても西王母に会わなくてはならない切羽詰まった理由がないのだから、天界と下界の狭間にあって、忙しく天の厲《たたり》と五刑を司る西王母に入山を拒まれるのは当然である。

「結局、一角は西王母に会えなかったんだね」

がっかりした口調で、翠鱗はぼやいた。

「西王母には、聖王を守護することの決まりというか、霊格を高める手続きというものは定まっているのか、あと、守護獣を務めるものたちが、他にもいるのか訊きたかった。正直なところ、私自身の体験と、先達の青鸞《せいらん》と赤龍《せきりゅう》から聞いた話だけでも、それぞれ異なっていたからね。ただ、どちらも私と同じように、天命を受けるためには玉山に登って西王母には会っている」

最も重要と思われる手順を飛ばして、聖王候補のもとに留まっている翠鱗は、翡翠色の瞳を不安で曇らせた。

「それから、現在の青鸞の居場所はわからなかったけど、赤龍に会いに行って、守護獣を務めた獣がもっと他にいるかどうか訊こうとした。結論からいうと、あまり収穫はなかった。赤龍はもうかなり体が大きくなって、大地と同化し始めている。つまり仙化《せんげ》が始まっていて、人界のことにあまり興味を示さなくなっていた。それでも、知っていることは教えてもらえたけどね」

翠鱗は、龍種の先達の現状を聞いて、驚きの声を上げる。

「大地と同化？　それ、赤龍は空を飛べなくなってしまったということ？」

一角は説明に困りながら、首を小さく揺する。

「赤龍は神獣となって五百年が過ぎたからね。天界へも昇り得る仙獣に昇格するときが来たらしい。肉体を持ったままでは天界へ入れないから、自分の魂魄《こんぱく》を核として大地の精と天の気を練った霊気の体、つまり星辰《せいしん》体となることを仙化という」

翠鱗の人間の顔のなかで、まぶたが大きく開き、そこだけ蛟の丸い目が飛び出しそうにせり出した。

「ちょっと、意味がわからない」

「うん、私もよくわからない。私にはまだあと五百年近く先のことだから」

一角は自嘲ともいえる笑みを口元に添えてうなずいた。

「だけど、赤龍は翠鱗を連れてきてもいいと言っていたよ。星辰体になって昇天する前に、龍種の後輩と会ってみたいと。六百年も地上にあって、龍の眷属には片手で数えるほどしか会ったことがないそうだ。仙化する前に伴侶となる牝龍《めすりゅう》と出会って、卵を残したかったと言っていた。ああ、翠鱗はたぶん男の子だし、赤龍の番《つがい》とするには体が小さ過ぎるとは、ちゃんと言っておいたから、安心して」

「連れて行ってもらえるの？　空を飛んで？」

翠鱗は興奮のあまり瓦の上に立ち上がった。西王母と違い、訪問すれば確実に会って話ができる上に、行きも帰りも一角麒が空を送り迎えしてくれるというのだ。

「往復にどのくらいかかる？」

「あちらでどれだけ滞在するかによるけど、天気が良ければ片道五日くらいだから、半月くらいか。これから行ける？」

「いま？」

一角にしては性急な申し出に、翠鱗は是《ぜ》と応えようとして思いとどまった。人間のように旅の支度に慌てる必要はないが、性急な出立にはためらいを感じる。

「文玉《ぶんぎょく》にはしばらく留守にするって伝えておかないと。それに、やっておきたいことがあるから。今日中には片付ける」

翠鱗は語尾を濁した。順調にいけば半月で帰ってこられそうではあるが、冬眠していた間に運命が大きく変わってしまった事例もある。気になることはかたをつけておきたい。

一角は軽くうなずいて立ち上がった。

「わかった。明日の夜、月の出にここに迎えにくるから」

一角と別れた翠鱗は、たちまち蛟体に変化して、目にも留まらぬ速さでするすると屋根を下りていった。

日が昇る前に、翠鱗は苻堅《ふけん》の枕元に顔を出した。苻堅を起こしにくる宦官が、手水《ちょうず》の用意をするまでしばらくの間がある。苻堅の目覚めを悟った近侍がこないように、寝台を閉ざす帳《とばり》にそって、無音の結界を張る。

「文玉、起きて」

カチカチと牙を鳴らしながら、前足の爪で苻堅の衿を引き寄せる。

天王の位に就いてから、苻堅の側に誰も控えていない時間というのはほとんどない。苻堅が自ら翠鱗の書院に足を運んでくるのでなければ、誰にも見られずに話をするという機会はほぼなくなっていた。そのためこのごろでは、こうして起床前の寝込みを襲うような方法でしか会話の時間は取れなくなっていた。

薄目を開けた苻堅が横目で翠鱗の鼻面を認め、「翠鱗か。まだ早いのでは」とうなり声を上げた。

「ちょっと、しばらく長安を留守にしようと思って。とうぶん戦争はないよね。ぼくが出かけている間は、危険なことはしないで」

苻堅はけだるげに苦笑し、どこまででかけるのかと訊ねる。

「戦争や叛乱がいつ起こるかなど、誰にも前もってわかりはしないが。遠出するなら車を出してやろう」

人の姿で出かけるのであれば、馬車か牛車で移動するのが安全だろうという配慮だ。

蛟体での移動能力は、かなり大型の蜥蜴のそれと変わらないと思われていたし、事実その通りだったので、翠鱗がひとりで長安を出たところで、どこまで行けるのかと案じたのだろう。

「涼州《りょうしゅう》のずっと西の方。ともだちが連れて行ってくれるから、乗り物は要らない」

「涼州？　それはまたずいぶんと遠くだな。何ヵ月ここを空ける気だ？　その間に戦になっても出陣するなと言われても困るが。翠鱗の友達とは、王宮の誰かであるか」

真面目に取り合っている口調ではなかった。

苻堅とて、翠鱗がただの愛玩獣ではないことは理解している。

人語を解し、意思の疎通も可能で、変化の力も備えている。悪運や飛矢を避ける能力があるというのも、おそらく事実だろう。とはいえ平穏な日々の中では、二十年も子どもじみた言動のまま成長しない、小さな獣という印象の方が強い。苻堅としては、どうしても幼い子どもを相手にするような心持ちになってしまうのだ。

苻堅が本音を語るとすれば、縁起のよい瑞獣を飼っているという感覚がもっとも近いのではないか。そうでなければ、至尊の地位にある自分に対等な口を利く生き物を、私室にまで自由に出入りさせるはずがない。

「ともだちというか、親戚みたいな、えーと。山の眷属という感じかな。漢の高祖の守護獣だった赤龍が、もうすぐ仙化して昇天するから、その前に会っておこうという話になって」

「高祖？　劉邦《りゅうほう》のことか」

苻堅は肘を突いて体を起こした。翠鱗はこっくりとうなずき返す。

「そういう名前だったね。そんな偉い龍がぼくに会ってくれるというから、行ってみたいと思って。半月くらいで帰ってくる」

「涼州よりも西の地へ、半月で往復できるものか。空でも飛ぶつもりか」

あまりに現実的ではないやりとりに、苻堅は困惑しきって質問ばかりが口を突いてでる。翠鱗は午後の早駆けにでも出て行くような気軽さで応えた。

「とても足の速いともだちだから」

漢の初代皇帝だの、五百年を生きた龍が実在するだの、騎馬でさえ往復に数ヵ月もかかる地へ半月で行って帰ってくるだのと、尋常でないことを何気なく口にする翠鱗を、苻堅は止めようとした。

しかし、寝床から滑り降りる蛟体へと伸ばした手が宙をさまよう。脊梁に沿って並ぶ短い棘に触れるのは痛そうだが、四肢は短く、肘や膝を取ろうにも手が届かない。摑んだときに双方に痛みがないのは尻尾くらいであったが、冷たいぬめりを帯びた鱗は滑りがよく、つるりと指の間をすりぬけてしまう。わずかに尾に触れた瞬間にパチッと火花が走り、指先が軽くしびれる。

苻堅は寝具を撥《は》ねのけて翠鱗のあとを追った。

「翠鱗、待ちなさい。これから発つのか。そのともだちというのは――」

床に滑り降りた翠鱗は、後脚で立ち上がると、少年の姿に変じて振り返った。いきなり高くなった目の高さと、真剣な翠鱗の表情に苻堅は口を閉じた。

「出発の前に、文玉に聞かなくちゃいけないことがある」

翠鱗は両手で後頭部を押さえ、昨夜味わった苦い痛みと感情を思い返す。

「鳳皇《ほうこう》のことだけど。文玉のこと見損なったよ。どうして小さな子どもを泣かすようなことをするの？　長安じゅうの人が笑っているよ」

苻堅ははっとして、「そなたには関係ない――」と言いかけて、ばつが悪そうに言葉を切った。咳払いをしてから、姿勢を改めて口を開く。

「鳳皇と会ったのか？ 泣いていたというのは、鄴《ぎょう》を偲《しの》んでのことかもしれぬ。だが、鳳皇はそなたが言うような小さな子どもではない。自らの立場と責任を充分に理解して、その務めを果たしている」

「務めって、『寵童』のこと？ 鳳皇が泣いていたのは故郷が恋しいからじゃないよ。どうして泣いているのかって声をかけたら、ぼくも『寵童か』って詰《なじ》られて、すごく怒りだして殴られそうになった」

拳をかろうじて避けたあとの暴行については、翠鱗は黙っておくことにした。

苻堅を見上げて、澄んだ翠の瞳で訊ねる。言葉に詰まった苻堅は、拳を口元にあてて再び咳払いをした。ひどく気まずそうに視線を逸らし、言葉を探す。

翠鱗は語気を強くして言い募った。

「文玉はどういうつもりで、あの子を後宮に入れたの？」

「それは、長安に戻って、清河公主《せいかこうしゅ》の入宮を進めたときに話しただろう。まだ十二の鳳皇が姉と離れて異国に暮らすのは、心細かろうという配慮だと。あとは、王宮内に預かる人質としての、政治的な意味もある。それから、他国の王族を側仕えにすることは珍しくもない。漢の武帝《ぶてい》のように、西国から預かった人質の美貌と美声を惜しんで去勢し、帰国できないようにしたわけではないのだから、そこまで責められるほどのことではあるまい」

苻堅は開き直った口調になり、身を乗り出した。

「鳳皇は凡庸な兄と違って見所がある。いまから民族主義を超えた教育をすれば、将来は鮮卑《せんぴ》慕《ぼ》容氏《ようし》の長となり、私の忠実な股肱《ここう》となり、かつ大秦《だいしん》の有能な臣になるだろう。主君の寵に応えた者が、身命をかけて仕える例は、枚挙に暇がない」

「でも、寵童として地位を得た人間がみな優秀な臣になるわけじゃない。衛《えい》の霊公《れいこう》とひとつの桃を分け合った彌子瑕《びしか》は、年を取って容色が衰えたら寵を失って断罪されたし、『断袖』の董賢《とうけん》は、哀帝《あいてい》に先立たれた直後に弾劾され、自殺を強要された挙げ句、棺《ひつぎ》はあばかれて、死体も辱められた」

翠鱗は前漢の哀帝と董賢の故事を持ち出した。自分の衣の上で添い寝をしていた董賢を起こすまいと、先に目を覚ましていた哀帝が、袖を切り落とさせて立ち上がったという。以来、『断袖』といえば男色を示す隠語になっていた。

「それは色欲に溺れた哀帝が過剰に董賢とその一族を引き立て、死に際になっても後継者を決めずに、董賢に禅譲しようとしたからだ。周囲が董賢を排除しようとしたのは当然だ。実際のところ、董賢は無能であったからな」

董賢の美貌と柔弱な性質を溺愛するあまり朝廷に混乱を招き、前漢滅亡の要因となる王莽《おうもう》の台頭を許した哀帝の失策ぶりを挙げて、自分はそうならないとも断言する。

「大秦にはすでに、天王后の生した宏《こう》が皇太子として立っている。たとえ清河公主に男子が生まれたとしても、私は太子を取り替える気はない」

政に私情は挟まないと断言する。翠鱗は問題点を将来の世継ぎ争いの火種となるであろう清河公主ではなく、いま現在の鳳皇自身に戻した。

「董賢の官職は大司馬《だいしば》だったよね？　それも、誰もがいぶかるような若さで」

翠鱗は慕容沖《ぼようちゆう》もまた大司馬であったことを指摘する。それも兵権を担えるはずのない幼い年齢で、背負いきれない重責を負わされたのだ。

「ぼく、人間のことは、いまでもまだよくわからないけど、こういう符合めいたこと、世間はすごく気にするよね？　それで噂にして好き勝手なこと言うよね？」

苻堅は返す言葉に詰まり、口角を下げて黙り込む。翠鱗は続けた。

「ぼくみたいな得体の知れない小さな生き物を、文玉が養ってくれることへの恩返しは、文玉が天下を統一するまで戦場の流れ矢や、不慮の事故とか病から遠ざけることだと思ってきた。ぼくにできることって、本当にそれだけだし、人間じゃないぼくが、文玉の生き方や大秦の行方に何も言うことはないんだけど――でも、鳳皇が泣いているのは、すごく嫌だな。文玉が聖道を外してしまうんじゃないかと、怖くなる」

「聖道とは？」

瑞獣として養育している翠鱗の言葉を、軽く聞き流すことは天意に反するのではという無意識の畏れに、苻堅は思わず問い返した。

「文玉がいつも言ってる、兼愛の国づくりのことだよ。貧しい人たちや、反りが合わない異民族との共存だけじゃなくて、戦争に負けて故国や庇護者を失った子どもでも、安心して生きていける国を文玉が作れたらいいなと、ぼくは思うんだ」

翠鱗は苻堅以外の人間たちと関わることはないが、何年ものあいだ宮殿に住んで人々の会話に聞き耳を立て、城下を徘徊《はいかい》して人々の暮らしを眺め、遠征について地方の生活を垣間見《かいまみ》てきた。無力な人々が味わう地上の苦難と貧困を目にするたびに、苻堅の感じる心の痛みが翠鱗の胸にも伝わり、降り積もる雪のように深く沈殿していった。

そして、いつの間にか、苻堅の語り続ける理念の実現される世界が、翠鱗の守る聖王が地上にもたらす世界なのだと、漠然と思うようになっていた。

翠鱗が苻堅を守護する目的は、かれの覇道を扶《たす》けることで、神獣へ昇格することであった。一角から聞いていた天命なるものを果たせば、卑小な蛟が空を飛ぶ龍になれる。それはとても魅力的な夢であったが、人の世の苦しみを見つめ続けた年月のあと、戦争捕虜として苦渋を舐《な》めさせられた子どもの涙と慟哭に触れたあとでは、いかにも利己的なものに感じられてしまう。

そして長いあいだ翠鱗が胸に抱え込んで、心を悩ましている不安要素——西王母から天命を授かるという手順を省いていたことと、爪が三本しかない自分の正体が実は、龍ならざるものではないかという疑惑——のために、そんな自分が守護獣を務めていることにずっと罪悪感を覚えていた。

すべては自分の独りよがりで、苻堅が天下を統一しても、自分は神獣にはなれないのではないか。

苻堅を本来守るべき守護獣の場所を奪っているのではないか。

では、今日までの努力はすべて無駄なのか。

光暈を持つ苻堅との再会に舞い上がり、かれこそが自分の聖王だと思い込んで、西王母との対面を重要視しなかった軽率な過去の自分の尻に、思い切り嚙みついてやりたい。

一角の西域への旅の誘いは、その迷いにケリをつけるためにも必要であった。

日が高くなるのを待って、翠鱗は鳳凰殿へと引き返した。

宮殿に近づくまでもなく、ぼんやりとした光暈が庭園を横切っていくのを見つけた。急ぎ足でそのあとを追う翠鱗の頭上を、何かが飛び越した。近くの木に当たって潰れ、甘い香りの汁が飛び散る。

「外した」「ちゃんと狙え」と騒ぐ子どもたちの声へと顔を向けている間に、ふたたび風を切る音がした。見れば熟した桃が矢のような速さで光暈をさして飛んで行く。

翠鱗は思わず爪を振り上げ、空中の桃をたたき落とす仕草をした。空気を裂く音とともに稲妻が走り、桃は一瞬にして弾け、果汁と焦げ臭いにおいをぶちまけながら地面に降り注ぐ。

翠鱗は目の前で起きた現象に驚き、呆然として自分の前足を目の前まで上げて爪を見つめた。爪の先がかすかに熱を持っている気がする。背中の棘がパチパチと音を立て、帯電したときの鼻腔を刺す酸っぱいにおいがあたりに漂っていた。

自分の放った雷電が飛来物に命中したことを理解できず、翠鱗はきょろきょろとあたりを見回す。そうしているうちに、歓声とも怒声ともつかない叫び声を上げて、二、三人の男子が鳳凰殿の庭園に踏み込んできた。

後宮を闊歩《かっぽ》している男子であれば、いまだ独立していない苻堅の息子たちだ。

「どこに隠れた。あの断袖野郎」

手に持った弾弓《だんきゆう》を振り回し、腰高の植え込みを薙《な》ぎ払《はら》っているのは、粗暴さを危ぶまれている五男の苻叡《ふえい》であろう。とうに後宮を出ていくべき年齢に達しているのでは、と思われるほど、外見は大柄で顔立ちもおとなびている。だがその場の思いつきやいたずらを制御できない、子どもじみた腕白さが年相応であった。

「阿叡《あえい》兄さん、これ以上は入れませんよ。中常侍《ちゆうじようじ》に見つかったら叱られます」

苻叡は、消極的なことを言い出す弟へと振り返って、肩をそびやかした。

「あの戦奴隷に身の程を教えてやるのは、俺たちの役目だ。男のくせに腰を振って色香を垂れ流し、父様をたぶらかしやがって」

兄と呼ばれた方は、口汚く罵りながら、忌々しげに歯ぎしりをした。桃の実の砲弾が止《や》んだと見たのか、がさがさと梢《こずえ》を揺らして宮殿へと動き出す人影に向けて、阿叡が弾弓の革帯に桃を載せて引っ張り、投げ飛ばす。弾弓は本来、小石や鉄弾を飛ばす狩猟具だ。大きさの割りに質量に欠ける桃は距離が伸びず、狙いは外れ、松の幹に叩きつけられて潰れた。

卑俗な罵倒を桃と一緒に投げつける兄と、そろそろ退こうとたしなめる弟の背後に、両袖に桃を抱え込んださらに年少の男子が兄たちに追いついた。

「大変です。中常侍の李顔《りがん》がこっちに来ます！」

「阿詵《あしん》！　誰がついてきていいとおまえに言った！」

末弟を邪険に叱りつけて、兄ふたりは身を翻してその場から走り出す。

「あ、兄さん！　待ってください。置いていかないで」

泣きそうな声でそう叫んだ阿詵であったが、くるりと鳳凰殿へと向きを変えたときには、苻堅に似た氐族《ていぞく》の子どもから、大きな目をした翡翠色の瞳を持つ小姓姿の少年に変わった。

ふう、と翠鱗は安堵の息をついた。

「うまいこと、ばれなかった」

年齢や体格的に近い、苻堅の末息子に似せて変化できたのは、うまい思いつきだった。張氏《ちょうし》の所生である苻詵《ふしん》は内向的な思索家で、活発な異母兄らについてまわることは珍しい。だから、この場で鉢合わせすることはないだろうとの目論見《もくろみ》もあった。

庭師や見回りの宦官が近づかぬよう、翠鱗は結界の輪を厚めに張って、鳳凰殿へと足を向けた。殿舎の欄干の陰に、身を潜めるようにして慕容沖がしゃがみ込んでいた。肩や髪から、汗と潰れた甘い桃の混じり合った匂いが立ち昇る。

「鳳皇、だいじょうぶ？　ひどいことされたね。子ども用の弾弓でも、兎《うさぎ》や鳩《はと》は仕留められる。人間だって当たり所が悪かったら、大怪我をしてしまう」

気軽い口調で話しかけてくる翠鱗を見上げて、慕容沖は「ふん」と鼻を鳴らして立ち上がった。

「そんなことになれば、罰を受けるのはあいつらだ」

かすれた声ながらも、気丈に言い放つ。翠鱗は手巾を慕容沖に差し出した。

「自分のを持っている」

慕容沖は居丈高な口調で断り、自分の懐から出した絹の手巾で額と髪を拭き、肩の汚れを落とした。高価な絹織の上衣は、果汁の茶色い染みだらけになっていたが、さほど気にしたようすはない。衿を整えると翠鱗を頭から足下まで見下ろし、視線を戻して翡翠色の瞳と目を合わせた。

「おまえは、昨夜の――」

「翠鱗」

にっと口角を上げて、翠鱗は二度目の自己紹介をした。慕容沖は翠鱗の顔を見て、物言いたげな風情で目を逸らし、口をもごもごとさせた。

「ぼくの頭ならだいじょうぶ。うろ、じゃなくて石頭だから、頑丈なんだ」

翠鱗は言葉を濁して、後頭部を撫でつつ答える。

慕容沖は目の下を赤くして視線を逸らし、「……ぅん」と、相槌とも同意ともつかない小さな音を鼻から出した。昨夜は激情に任せて翠鱗に暴行を働いたことと、今日は暴行を働いた相手に助けられたことに、素直に謝罪と感謝を言えずにいるようだ。

「あいつに、昨夜のことを報告したのか」

唐突な問いの意味を、翠鱗が理解するのに呼吸二回分ほどの時がかかった。ぎこちない笑みを浮かべながら、翠鱗は口を開いた。

「報告はしてない。長安に戻ってからは、後宮で過ごす時間が前よりも増えて、ほとんど話す時間もないしね。あ、ごめん。嫌みとかじゃなくて――」

翠鱗の半端な嘘を見抜いた慕容沖の顔色が変わった。翠鱗は慌てて両手を振ってその場をごまかそうとする。なんともやりにくい。人間の心理は書籍からあるていど学習していたが、実際の人間とかかわることの少なかった翠鱗だ。とくに、目の前の少年は気位が高く、激高しやすそうなので、言葉を選ばないと意思の疎通は難しそうである。

「ごめん。ぼくは、清河公主が異国の後宮で心細いだろうから、弟の君が話し相手をするために入宮したとしか聞いていなかったから、現状をちゃんと把握できていなかった。宮廷の噂話は耳に入っていたし、寵童がどういうものか知らなかったわけじゃないけど、文献でしか読んだことがなかったから、ぴんとこなくて」

本心から困惑している風の翠鱗に、慕容沖はいぶかしげな目を向けた。

「では、おまえはあいつの何なのだ？」

翠鱗はどう答えようかと迷った。

「ふだんは文玉の書院番。体裁としては小間使いというか、遠征のときは小姓をしている。昔、どこかの廃村でひとりで居たときに、通りかかった文玉に拾われたんだ」

慕容沖は疑わしげに目を細め、眉を寄せて「ふん」と鼻を鳴らす。

「孤児で拾われ子で、王宮で小間使いをさせられているのならば、奴隷じゃないか」

翠鱗の正体を明らかにするわけにもいかず、その立場も、苻堅の家族でも臣下の血縁でもない以上、人界では官奴に分類されるであろう。

「うん、じゃあ、そういうことでいいよ」

翠鱗はあきらめのため息をついて、申し訳なさそうにうなずいた。

「もう何年も文玉とは同じ屋根の下に部屋をもらって、すごく可愛《かわい》がってもらっているけど、親子と兄弟と友人を足して三で割ったような読書と話の相手くらいで、閨に上がったことはない。文玉がぼくをそういう対象として見たことはないと思うし、何より、ぼくの知る文玉はこれまで閨事にはあまり興味もなかった。だから昨夜は、君とぼくは同じくらいの年頃だし、親しくなれるかなって、とんちんかんな受け答えになってしまった」

慕容沖は背筋を伸ばして腕を組み、顎をぐっと上げて鼻の上からにらみつける。その体勢ならば、自分よりも少しばかり背の高い翠鱗に対して、優位に立てると思っているかのようだ。

「何が言いたいんだ」

翠鱗は両手を握っては放して、返す言葉を探した。論理的に思考を組み立てて、伝えることの難しさを思う。特に、心に深い傷を負った、気難しくて怒りっぽい、自尊心の高い少年の場合は。

「ぼくは文玉が中華を統一する聖王だと信じて、ずっと見守ってきたけど、人間だから道を外すこともあることに気がついた。それで今朝、文玉と話をしてきた。君ともちゃんと話をしたいから、ぼくの書院に来てくれる？　そこなら誰も来ないし、お茶も出せる」

「あいつの寝殿にか」

慕容沖は露骨に嫌な顔をした。

「文玉は政務の最中だから、日中は帰ってこない。ずっとぼくひとりだから」

少し心が動いたようで、そびやかしていた慕容沖の顎と両肩が少し下がった。

「だが、途中で、さっきのやつらが待ち構えているかもしれない。さっきも、門を探していたら見つかって、追いかけられた」

「ぼくとくれば、誰に見つかる心配もないよ。ただ、誰かとすれ違っても、声を出したり、大きな音を出すような動きをしないで。そうすれば気づかれることはない。帰りもちゃんと送るから」

狐につままれたような顔で翠鱗を見つめ返した慕容沖であったが、鳳凰殿を肩越しに振り返り、後宮を囲む壁へと視線を向けて、少し考え込む。

「ここにいても、辛気くさい連中の繰り言ばかり聞かされるからな。未央宮《びおうきゅう》の抜け道を知ることができる機会は、そうそうなさそうだし。連れて行け」

いまこの日も鄴の宮殿にいて、大司馬であったころのように近侍に命じる態度と口調で翠鱗を促す。翠鱗はさほど気分を害したということもなく、片手を差し出した。

「気配を消すから、手をつないで」

予想外に、慕容沖は素直に手を伸ばして差し出された手を握った。

翠鱗は自分の周囲に擬態を広げられるかどうか、試したことはなかった。だが、霊気を張った矢避けの結界を、蛙《かえる》の卵のように閉じると気配を隠すこともできる。誰にも気取られることなく後宮内を移動できる自信はあった。まして、光暈を持つ慕容沖と手をつないだことで、翠鱗の霊気は水源を得た井戸水のようにあふれ出す。

目立つ場所は避けたものの、それなりに人のいる通路も歩いたのだが、周囲の目を引くことなく移動できることに、慕容沖は目を丸くした。人通りの切れたときを狙って、翠鱗にささやく。

「誰もわたしたちに振り向かない。いったいなんの呪法を使っているのだ？」

その高貴な身分と並外れた美貌のために、遠くから目にした者にも、近くですれ違う者にも、必ず振り向かれて見つめられ、あるいはつきまとわれてきた慕容沖は、未央宮の住人たちの無関心さに驚きを隠さない。

「呪法といえば、呪法かなぁ。自分以外の人間の気配まで消してみたのは、これが初めてだけどね」

難なく苻堅の寝殿に上がり、人気《ひとけ》のない書院へと入る。内廟《ないびょう》の前には杏《あんず》や桃、李《すもも》などの果物や饅頭《マントウ》、蠅《はえ》避けのために麻布で覆った炙《あぶ》り肉などが、供えられている。

「あ、今朝はまだご飯を食べてなかった。君はお腹空《す》いていない？」

祭壇に駆け寄った翠鱗は、食事を盆ごと運んで書見用の大卓に並べ、慕容沖に勧めた。自身はお湯を沸かして茶の用意を始める。

「供え物なんか食べていいのか」

一応訊ねはしたものの、空腹だったらしい慕容沖は、饅頭を両手で取るとかぶりついた。熟した果物の果汁で喉を潤し、羊のあばら肉の骨を手づかみにして次々に口に運ぶ。額に滲んだ汗を肉を摑んだ手で拭く仕草は、これまでの秀麗な面差しばかりが話題になる貴公子の印象とは、またずいぶんと異なり野性的だ。将来は将軍職に就くであろう皇族男子として、狩猟や武芸など、野外における鍛錬の経験も積んでいるのだろう。

「遠慮なく食べて」

茶を淹れて勧めたのち、椅子に腰を下ろした翠鱗は、慕容沖が手をつけない桃の実を囓《かじ》りながら、にこにこと肉と饅頭を勧める。

慕容沖は内側から自《おの》ずと輝く白玉のような額と頰を、果汁と肉の脂でテカテカと光らせ、「ほうか」とでも言っているように口をもぐつかせて応える。

とたんに年相応になってきた慕容沖に、翠鱗は緊張を解いた。

「さっき、門を探してたって言ってたけど、後宮から逃げるつもりだったの？」

慕容沖は食べる手を休めて指を舐め、前腕で口の周りについた脂を拭いた。絹の袖に脂染みが広がる。身分にそぐわぬ粗野な作法も、伏せたまぶたの長い睫に落ちる、すっと通った鼻梁の影と不思議と調和する。翠鱗は一角麒の山にいたころに会った、どこかの山神が連れていた雪豹《ゆきひょう》を連想した。

「逃げられるとは思わなかったけど、ここにいるのが嫌だった。姉様は逃げていい、って言ってくださったし」

翠鱗の差し出す濡れ布巾で顔と手を拭き終えた慕容沖は、ちょうどよく冷ました茶を一気に飲み干す。翠鱗は慕容沖から聞き出したいことと、話しておきたいことの優先度について考え、まずは自分が知りたいことから話題を始めることにする。

「逃げるって、慕容垂《ぼようすい》のところへ？」

「道明《どうめい》叔父のもとへ？　陛下と母様が長安にいるのに、どうして祖国を裏切って秦《しん》軍を鄴に引き入れた叔父なんかを頼りにする？」

慕容沖は吐き捨てるように言った。すでに皇帝の位を退いた兄を、いまだに陛下と呼称する少年の心根を、翠鱗は憐《あわ》れに感じた。

「でも、慕容垂は桓温《かんおん》を撃退した救国の英雄なんだろ？　その英雄を妬んだ太傅の慕《ぼ》容評《ようひょう》が君のお母さんと共謀して陥れて、追い出したんじゃないか。それで鄴が落ちるとなったら、評は君の兄さんを置き去りにして、ひとりで高句麗まで逃げてしまった。お兄さんは朝廷で見かけたけど、すっかり気落ちしているようだし、いま慕容一族が頼りにできるのは、慕容垂じゃないかな。慕容垂と話したことはあるの？」

翠鱗は慕容沖と出会ってから、一族の近い者同士が光暈をまとっていることが、どういう意味を成すのか考えてきた。

「そりゃ、親戚だから話くらいはする。母様は道明叔父を避けるように仰せだったけど、巡幸や狩猟で城外に出たときは、弓や槍を教えてもらったこともある。母様の目の届かないところでは、鷹狩りを見せてくれた。おまえの言う通り、慕容の一族でいま一番勢いがあるのは道明叔父だ。わたしと姉様を秦に身売りさせて保身を図る連中よりは、頼りになるかもしれないな」

腹がふくれて、見た目は年の近い翠鱗が対等な口を利いているせいか、慕容沖はだんだんと饒舌《じょうぜつ》になってきた。本音らしき思いも舌を滑って転がり出る。

「それはお母さんのことを言っているの？」

核心を突かれて、慕容沖は横を向いて黙り込む。

敗戦国によって献上された傾国の美姫が、君主を籠絡して内側から国を滅ぼしていく例は殷《いん》の妲己《だっき》、周《しゅう》の褒姒《ほうじ》を挙げるまでもないが、美貌の姉と弟を差し出して秦を覆し、燕《えん》を再興しようという遠謀深慮が、姉弟の母にあったのだろうか。

名前の通り堅物というほどでもないにしろ、特定の寵妃に溺れることのなかった苻堅が、慕容姉弟を愛するあまり後宮に繁く通い、朝まで過ごす状況を見れば、可足渾《かそくこん》氏《し》の企みは功を奏しているといえる。

十四になる姉の方は適齢期に入り、輿入《こしい》れの準備として婦道教育も受けていたであろうが、そもそも性にすら目覚めていなかった慕容沖本人に、親子ほど年の離れた男を籠絡する手管などあるはずがない。

――治国の理想は高い文王だけど、傾国の誘惑に屈してしまうなんて、つまるところ、情欲に関してはただの人間だったのかな――

姉弟を差し出したのが母親であったのか、姉弟の美貌に心惑わし入宮を求めたのが苻堅だったのかは、いまさら明らかにしたくない。どちらにしても、苻堅は慕容沖を後宮に入れて愛玩したのだから。

大秦と自分自身に忠実な臣下を育てるのに、閨に入れる必要などないというのに。

失望のため息を呑み込んで、翠鱗は慕容垂の話題を続ける。

「慕容垂の鷹は大きいよね。君は自分の鷹を持っている？」

「叔父の碧鸞《へきらん》は特別だ。あんなに大きくて賢い鷹の雛を、どこで獲《と》ったのか誰にも教えてくれない。ぼくが生まれる前から飼っているそうだから、けっこう年寄りのはずだけど、専属の鷹匠《たかじょう》もいないのに、いつも道明叔父の居場所を見つけて帰ってくるそうだ。皇宮の鳥舎では鷹も何羽か飼っていた。でも、わたし専用の鷹はまだいただいてなかった。道明叔父が、そのうち見つけてくださると約束してくださったんだけど、母様との仲が悪くなって、それきりだったな」

うつむきがちに少し口を尖らせて、置き去りにされた小さな子どもの本音を垣間見せる。苻堅の少年時から翠鱗がそばにいることを思えば、碧鸞と慕容垂の出逢いは、さらに昔に遡ると推測される。

「慕容垂の鷹を近くで見てみたい。君が後宮を出たら、いつか慕容垂の邸に連れて行ってくれないかな」

「そんなの、あいつに頼めばいいじゃないか。道明叔父はあいつにうまく信用されているから、使いだと言えば簡単に入れるだろ」

それでは初対面のときのように、問答無用で襲われてしまう危険があったのだが、そのことは言わないでおく。

「ひとりじゃ、怖い」

「道明叔父は、怖い人じゃない。あ、鷹が怖いのか」

慕容沖は馬鹿にするようにふふんと笑った。

「小さかったとき、鷹に襲われたことがあるんだ。ガッと掴まれて、ふわっと持ち上がって、落ちたら死んじゃうと思って怖かった。でも慕容垂の鷹はきれいだったなと思って」

「機会があれば、いっしょに来ればいい。ふつうの官奴のように、一日中働いているわけじゃないんだろ？　未央宮を勝手に出入りできないわけじゃなさそうだし」

「書院番はまあ、暇だね」

翠鱗の言葉にはじめて、慕容沖は天井まで届く書架と、書架を埋め尽くす書籍と巻物を見回した。

「おまえ、これを全部読んだのか」

「いちおう。頭に入ったかどうかはわからないけど。他にすることもないし」

慕容沖は目を細めて、翠鱗をじっと見た。

「臣下の子息の小姓仕えでもない、寵童でもない、官奴の小間使いでもない。あいつとどういう関係なんだ？」

「だから、なんていうか、旅の途中で拾った孤児に、居る場所をくれた関係というか。ほら、ぼくの瞳をみてごらん？」

翠鱗は慕容沖に顔を近づけて、人差し指で自分の下まぶたをひっぱった。慕容沖は初めて気づいたように、目を瞠る。

「翡翠の目玉？　琅玕《ろうかん》のようだ。ちゃんと見えているのか。おまえ、何族だ？　どこから来た？」

まじまじと翠鱗の顔立ちを検《あらた》め、手を取って肌の色を陽光に透かしてみる。

「西域の彼方から来た碧眼の民の生き残りかもしれない、って文玉は考えている。文玉は昔から、言葉や文化、倫理観の異なる諸民族が、互いに争わず共存する天下を実現したいと願ってきた。だから、ぼくみたいな身元の知れない異国の種族でも、安心して暮らせる国にしたいって。それで、ぼくを保護して書院に住まわせ、教育もしてくれた」

「諸民族が共存？」

慕容沖は言われた言葉の意味がわからないといった目つきで、翠鱗の言葉を繰り返した。翠鱗はうなずく。

「墨子《ぼくし》の兼愛無私、って知ってる？　あるいは、一視同仁とか」

「兼愛無私は知っているが、一視なんとかは聞いたことがない」

慕容沖は首をかしげる。

どちらも私心や私欲を捨て、自他や敵味方の区別なく、身分や出自の隔てなく平等に愛することを云《い》う。一視同仁にいたっては、人間以外の禽獣《きんじゅう》をも慈しむことを意味するので、翠鱗は特に好んでいた。

「諸胡や漢族が相争わず互いに譲り合い共存する天下を、文玉は目指しているんだ」

慕容沖は真に軽蔑を込めて、反論した。

「兼愛無私を標榜《ひょうぼう》する人間が、息子よりも年下の少年を手込めにするのか」

翠鱗は何も言い返せない。鼻に皺を寄せてくしゃりと泣き笑いを作る。

「鳳皇に対する仁愛は変な方向へ行っちゃったみたいだけど。ぼくに何も話さなかったのも、魔が差したってやましい気持ちがあったんだろうなと思うし。でも、文玉ならすぐに正気に返ってくれるとぼくは信じる。それに、君はもっと本当の自分を出してもいいと思うよ。鮮卑族って、草原の戦士なんだろ？　今日みたいに桃を投げつけられたら、その辺の物を投げ返したり、取っ組み合いをしてもいいと思う。お母さんのいいつけを守って文玉の言いなりにならなくても、文玉は君の家族や部族民を迫害したりはしない。それどころか、城下の学問所に通えるように、ここから出してもらえると思う」

夕食を告げる時鐘を鳴らして回る、宦官の高い声が聞こえた。

「あ、もう君は鳳凰殿に戻らなくちゃね。送っていく」

立ち上がる翠鱗に、慕容沖は名残惜しげな目を向けた。人間の美醜には関心のないはずの翠麟の背に、ぞくっと小さな電流が走った。

――人外のぼくでもどきどきしちゃうんだ。でもそれを言ったらきっと怒らせる――

心の声も届いてしまうことを思い出した翠麟は、とっさに霊気の壁を張った。幸い、慕容沖の注意は部屋の調度や、書架に並ぶ書巻の表題に向けられていたようで、翠麟の気の迷いは気づかれなかったようだ。

人間にも魔性は潜むのかもしれない。ただ、慕容沖が羊のあばら肉を食べていたときは、まったく普通のきかん気な少年に見えたのだが。

第七章　赤沙角龍

——それで、慕容沖《ぼようちゅう》とは仲良くなれたんだ——

一蹴りで百里を駆ける速さで疾走しているにもかかわらず、一角麒《いっかくき》はのんびりとした口調で翠鱗《すいりん》に話しかける。翠鱗は両手で一角麒の鬣《たてがみ》にしがみついているのに精一杯で、うかつに口を開けない。

空を飛んでいくのかと期待していた翠鱗だが、一角麒は地上を疾駆している。

麒麟体でも人の姿でもない、赤毛の駿馬《しゅんめ》を、翠鱗は一角麒と呼ぶべきか、あるいは一角と呼ぶべきか悩んでしまう。一角馬なのかもしれないが、馬に変化した一角に角はない。

慕容垂《ぼようすい》の守護鳥である碧鸞《へきらん》が、人間ではなく鷹に変化していると聞いた一角は、蹄《ひづめ》ある獣への変化に挑戦し、成功した。

——ものすごく簡単だった。どうしていままで思いつかなかったんだろう——

と、待ち合わせた場所に馬の姿で現れた一角は上機嫌で、このまま人界の街道を進もうという。

往きも帰りも空を翔けては、地上の道や地形を覚えられない。往《ゆ》きと滞在に時間がかかりすぎれば、空を飛んで帰ればいい、というのがその理由であった。

一角の背に乗っての交通手段しかない翠鱗に、他の選択肢はない。街道を行き交う人間たちが、軽装の少年を乗せた赤い奔馬に慌ただしく道を譲り、あんぐりと口を開け、見送ってしまう速さで西へとひた走る。

――仲良くなれたかどうかは、わからないけど。また会って話せるのか、って訊かれた――

――それは、相手に好かれたってことだね。戻ったら会いにいってあげればいい。慕容垂に接近するにも、どうどうと門から客として入れるからね。しばらく不在だってことは、教えてある？――

――うん。ちょっと出かけてくるとは言った。いちおう、あとから文玉《ぶんぎょく》のところへ行って、鳳皇《ほうこう》を解放してあげてって頼んでおいたけど、王猛《おうもう》と同じこと言う、って文句言われた。やっぱり未練があるみたい――

――王猛は苻堅《ふけん》の悪評になるようなことは、ちゃんと諫言するよ。それに翠鱗も意見したのなら、慕容沖はだいじょうぶだろう——

流れて行く左右の景色と、正面から叩きつけてくる風圧に目を細めて、翠鱗は慌ただしいこの二日間のことを思い出し、これからのことを考えた。

慕容沖が鮮卑族《せんぴぞく》を率いて、苻堅の股肱《ここう》の臣になってくれる未来は、あるのだろうか。

光暈の真の意味を、これから会いに行く赤龍《せきりゅう》は教えてくれるのか。

五日がかりで涼州をぬけ、一角と翠鱗は茫漠とした岩沙漠の山岳地帯へと行き着いた。大地に無数に走る谷川が、幾重もの襞《ひだ》を寄せた布のようだ。谷底に水が流れているかどうかも崖っぷちからは見えない。ただ赤みを帯びた黄色い砂が、風に巻き上げられては吹きすさぶ不毛の大地だ。

「ここに、赤龍がいるの？」

二本の足で尾根を歩きながら、息を切らしつつ翠鱗が訊ねる。荒野を行くにはいささか不便な人間の姿で進むことを、一角が選んだからだ。

「この谷底に沿った、長い洞窟のどれかにね。このあたりはずっと同じような風景が続いていて、一度や二度の訪問では、正確な場所を思い出せないんだ。前に来たときから、それほど時が経っていないから、このあたりでいいと思うんだけど」

一角は裸足で、乾ききった岩山を歩く。痛くないのかな、と翠鱗は不思議に思った。人間の足の裏は柔らかい。だから靴を履く。砂利や木の根のない屋内でも、裸足では歩けないほど、人間の足の裏は痛みに敏感で、傷つきやすい。

「だからだよ。私の蹄では硬すぎて、赤龍の気配が感じ取れないんだ。翠鱗も蛟体のときは、地面に接触しているのは爪と掌底の部分だけだろ？　掌も鱗で硬いから、岩盤の下の赤龍の呼吸を感じ取れないと思う」

一角はペタペタと岩山を進んでいく。翠鱗も靴を脱いで、地面を踏みしめるようにしてついていった。晩夏の陽射しを吸い込んだ岩山は熱せられて、熱と尖った石ころの刺さる痛みに、足裏の感覚はだんだんと麻痺《まひ》していく。

丸一日、果てしのない岩山を休みなく登っては下りてを繰り返し、西へ傾いた太陽が空を茜色に染めるころ、一角は両足をそろえてぴょんぴょんと飛び跳ねた。

「この下にかなり大きな空洞がある」

次に麒麟体に変じて、翠鱗に背中に乗るように言う。翠鱗はたちまち蛟に変じて一角の首につかまり、その赤銅色の鬣にしがみついた。

その後の一角麒は尾根から傾斜へと垂直に駆け下り、深い山襞《やまひだ》を成す谷のひとつに下りていった。

太陽はすでに西の地平にさしかかったようで、谷の底は山の影に沈んでいる。雨期に鉄砲水で削られたらしき足場の悪い谷底を、一角麒はひょいひょいと跳び越えて、やがて目的地らしき岩肌が縦に裂けたところで立ち止まった。

――これ、洞窟？――

――入り口は狭いけど、中は広いよ。意外と暖かい――

一角麒はずんずんと奥へと進んでいくが、中は思ったよりも暗くない。どこか高い裂け目から夕照の名残が射《さ》し込《こ》んでくるのか、あたりはほんのりと明るかった。

幾度か右へ左へと折れ曲がりつつ奥へ奥へと進む内に、それが外からの灯りではないことに気づかされる。岩全体がぼんやりと赤く光っている。蛍のような、あるいは夜光虫のような頼りない光ではあるが、行く手の足下を照らすには充分であった。

水晶などの鉱脈が、光源を得て柔らかく反射するのとも似ている。

――あれ、これ、岩肌じゃ、ない？――

翠鱗は狭い通路を過ぎたとき、目の前まで迫ってきた壁面を見上げ、胸の内で叫んだ。一角麒はこころもち振り返って、含み笑いの音を立てる。

「気がついた？」

洞窟の中を、温かな風が吹きぬけた。風に運ばれる空気は、規則正しく前に流れ、そして後へと流れていく。ぞろりと、右手の水晶を孕んだような岩壁が動いた。

翠鱗の頭の中で、銅鑼《どら》を打ち鳴らすような低い音がわんわんと反響する。それが太く深い心話による語りかけであることに気づくのに、少しの間があった。

洞窟は奥へと行くほどに広さを増していた。

翠鱗にも、右手の岩壁が巨大な赤龍の胴体であることは察せられたので、その辰砂《しんしゃ》か赤い水晶のような煌めきを放つ鱗をうっとりと眺める。自分もいつかこんな立派な角龍になれるのだろうか。そうだったらどんなにいいだろう。

細長い洞窟は、最後に右へと弧を描く。一角が前脚を高く上げたところには、丸太のような赤龍の前脚があった。そのあたりから、赤龍の後頭部から首へと流れる鬣と、洞窟の床に広がる顎鬚《あごひげ》で、洞窟は一気に獣臭さが濃くなってきた。

——久しぶり、赤龍——

一角麒の語りかけに、薄明るい闇の奥で帳が上がり、金色の玉が煌々《こうこう》と輝く。帳と見えたものは赤龍のまぶたで、金色の玉は目であった。目玉ひとつが、翠鱗の頭よりも大きい。

——それほど久しぶりでもないだろう——

翠鱗の頭蓋骨の内側に、銅鑼がうわんうわんと反響するような応えが返ってきた。

――おお、蛟の翠鱗だな。よく来てくれた――

翠鱗は遠慮がちに赤龍の前に出る。

――はじめまして――

その大きさと輝きに圧倒されて、翠鱗は挨拶の言葉を述べるのが精一杯だった。

大きな顎をこちらに回して、長い胴で一角麒と翠鱗を抱え込んだ赤龍は、顔の正面をふたりに向けて訪問客を迎えた。

翠鱗の頭部をそのまま巨大化したような面長の頭部に、鹿の角に似た二対二尖の角。その角は洞窟の天井を幾度となく抉《えぐ》ったらしく、天井には幾筋もの深い溝が穿《うが》たれていた。

翠鱗は赤龍のきらきらした鱗を憧れの目で眺め、はっと我に返った。赤龍に会ったら、訊ねたいことがたくさんあったのだが、どこから手をつけていいのかわからない。

とりあえず、赤龍について訊ねる。

――間もなく仙化されて天に昇るのだと、一角麒から聞きました。どのくらい先のことですか――

赤龍はゆっくりと瞬きをして、金色の目で翠鱗に微笑みかけた。顔が大きすぎて表情の全体が見えず、微笑したかどうかは判断が難しいのだが、瞳の色彩がほんのりと明るみを増したので、笑ったように思えたのだ。

——百年以内のことと思う——

赤龍はとても大雑把な予想を口にする。

——仙化するときは肉体を去るような話でしたけど、それは死とどう違うのですか。霊獣は千年を生きるはずなのに、まだ六百年しか生きておられない——

赤龍の笑い声が、翠鱗の頭の中に響き渡る。

——仙化とは魂魄を維持したまま、輪廻《りんね》を去るということだ。死とは、分かたれた魄《はく》の気が散じ、二度と魂と合わさることのない状態をいう。魂は不滅ゆえに輪廻によって新たに魄の気を得て生まれてくることもあれば、器となる肉体を求めて天地と黄泉路《よみじ》を漂い続けるものもいる、と我は解釈している——

翠鱗は頭を回転させて、自分がどれだけ理解したか整理してみる。

——では、肉体を離れるときに魂魄を両方持っていないと、仙化して真の霊獣にはなれないんですね？——

赤龍がうなずいた。

——じゃあ、赤龍さんの肉体はどうなるんですか——

それ自体が紅髄玉か赤い水晶のような角龍の体を、翠鱗は物惜しく思いつつ見上げた。

——このままだ。骨肉を支える魄の気は散じることなく存在し続けるゆえに、肉体は腐って溶け崩れることはなく、土に還《かえ》ることもない。ただ、山胎の灰分を含む水に晒されている内に、山そのものの一部になってしまうのではないかと思う。数百年ののちに、ふたたび戻ってみなければ、わからないが——

翠鱗は赤龍の言葉を反芻してみた。理解できたのか、よくわからない。魂が去っても魄を保つ龍の肉体は溶けることも腐ることもない。数百数千年も山胎に横たわっているうちに、長大な水晶や玉髄の鉱脈になってしまいそうだ。そこまで想像したが、いまの自分にはあまり必要のない情報であったとは思う。

——ぼくは、霊獣の仔なんでしょうか。それとも、龍ならざる妖《あや》しの獣なのでしょうか。ぼくには爪が三本しかありません——

洞窟の空気が重くなり、赤龍が慎重に言葉を選んでいる気配がした。

——我が物心ついたとき、爪の数は三本だったように思う。はっきりとは覚えていない。気に懸けたことがなかったのでな。そして、西王母《せいおうぼ》より受けた天命を果たして、劉邦《りゅうほう》が帝位についたとき、天を翔る力を得た。そのときから今日まで、爪は四本だ。いま、五本目の爪が伸び始めている。この爪が伸びきって五本そろえば、我が成龍となり昇天するときなのではないかと思う。このことが、翠鱗にも当てはまればよいと願っている——

翠鱗は自身の鼓動が速まり、胸の内で踊り出すのではないかと思った。嬉しさに目を瞠り、一角麒の顔を見てその表情を確かめる。一角麒の琥珀色の瞳は微笑んでいるようだ。翠鱗が爪の数を気にしていることを知っていた一角麒は、この話を聞かせたかったのだ。

——空を翔ける力が欲しくて、天命を授かりに玉山に登ったが、いまにして思えば地上で千年の時を生きる道も悪くなかったのではと思う。天空を自在に飛び回ることができれば、すぐにでも自分の眷属を探しだせると思ったのだが、地上における六百年の生において、番となる牝龍と出会うことはなかった。天命によって飛び越した四百年の時間をかければ、龍の眷属に出会う機会があったかもしれない——

後悔というほどではないにしても、微《かす》かな苦味を含んだ赤龍の述懐。

——霊獣が生まれてくるのに番が必要かどうか、はっきりしたことは誰にもわからんのだが。龍についていえば、千二百年の昔、夏《か》の時代に神龍が現れた。その神龍の口の泡を数百年封じておいた箱から、蛟が生まれた。その蛟は女と交わって娘を産んだと人界の記録に残っている。では、我々もまた、きまぐれに神龍の吐いた泡から生まれ落ちた蛟であったのだろうか。天界に昇れば霊獣の長老たる成龍に会って、天地の真理を授かるかもしれない。いまは仙化の時を待つばかりだ。翠鱗に会えたことは、とても嬉しかった。ここまで来てくれて、礼を言う――

ほろ苦い喜びの波動が洞窟を満たした。翠鱗が唐突に悟ったことは、赤龍はもはやこの場所から動けないということだった。魄の去りつつある肉体は山胎の岩石に同化し始めている。赤龍が再び地上に出て天空を翔るためには、仙化の過程を経なくてはならないのだ。

赤龍が翠鱗を呼び寄せるよう一角麒に頼んだのは、翠鱗がなぞるかもしれない未来を見せるためであった。

翠鱗と一角麒はそれから、さらに数日を赤龍の洞窟で過ごした。赤龍が人界で過ごした日々や冒険、空を翔る神獣となってから訪れた土地と、出会った人間や獣たちの物語。

翠鱗の抱えているもうひとつの不安――玉山において西王母との対面を果たしていないこと、それゆえに、苻堅を守護することは天命としては認識されないのでは、ということ――についても相談したが、その答を赤龍は持たなかった。

――前例がないので、我にはなんとも言えぬ。だが、翠鱗は苻堅を守りたいのだろう？　苻堅の思い描く、一視同仁の天下が実現されるのを見たいのだろう？　それこそ、人間も獣も、これまで誰一人として想像したことのない楽土ではないか。天命であろうとなかろうと、個としての小龍が空を飛べるかどうかよりも、ずっと意義のある挑戦に思える。いや、こんなことを我が翠鱗にけしかけるのは、無責任に過ぎるのだが。なにしろ、前代未聞の試みであるからな。天帝でさえ、考えつかないのではないか――

赤龍の笑いは洞窟を揺らし、天井と横壁の砂がパラパラと降ってきた。

半月で長安に戻るつもりだったのが、ここまで足を運んだのだから、というので周囲の山河を見て回ったり、土地の神獣や山神を表敬訪問などしているうちに、いくつかの季節が過ぎてしまった。

長安は旅立ったときよりもさらに賑わい、発展を遂げていた。訊けば、仇池《きゅうち》を征服したのち、さらに蜀《しょく》へ侵出して成漢《せいかん》をも大秦の領有するところとなっていた。

「殷賑《いんしん》を極めるとは、このことを言うのかな。この都がほんの数十年前は廃墟だったなんて、もう想像もできない」

都の大通りを歩きながら、一角が感心して言った。

未央宮《びおうきゅう》の大門で一角と別れた翠鱗は、誰何されることもなく通り過ぎ、亡霊のように誰の注意を引くことなく懐かしい書院に戻る。長く使われていない部屋独特の、冷ややかな空気がする。当然ながら供え物は中断されていたが、掃除は続けられていたようで、黴《かび》や埃の臭さはない。

翠鱗が書院の窓を開け放ち、書籍の虫干しを始めたところへ、息を切らし頬を上気させた苻堅が早足で駆け込んできた。

「翠鱗、帰ったか」

三十代も半ばを過ぎようというのに、血気に逸《はや》る青年のような言動を本人は自覚していない。朝堂では天王らしく重厚に対応していることは、翠鱗も知っているのだが、公の目の届かないところでは、性急なところを抑えるつもりはないらしい。

「文玉、どうしてわかったの？　それに、まだ政務の時間じゃない？」

しばらく見ない間に、苻堅の目尻には笑い皺《じわ》が二筋、眉間には縦皺がひとつ増えていた。老いの気配というほどではないが、人間の時間の過ぎて行く速さが翠鱗の胸に迫った。

苻堅は満面の笑みで両手を広げた。右手を上げて、耳たぶに下がる翡翠色の耳飾りを指で揺らす。翠鱗の剥がれ落ちた鱗を細工した三連の耳飾りは、しゃらしゃらと涼しげな音を立てた。

「半時前から、この耳飾りが風もなく私が動いてもいないのに、震えて音を立てるので、そなたが帰還したのだと思ったのだ。故意に伝えたのではないのか」

翠鱗は驚いて目を丸くしたが、無意識に苻堅に呼びかけていたのかもしれない。

「半月どころか一年以上の不在であったな。まあ、予想の範囲内ではあった。涼は遠かったであろう。ましてその彼方であればなおさらな。土産話を聞かせてくれるか。漢の高祖劉邦の守護獣であったという龍は、どのようであったか」

翠鱗が戻ってきたのが、よほど嬉しいのだろう。弾む口調と弾む足取り、翠鱗の頭に手を置き、肩を軽く叩いて、椅子を勧める。顔をのぞきこんで頰を撫で、旅の苦労を読み取ろうとして、かえって年月の変化すら刻まれていない翠鱗の顔に、目を見開く。

「うん。ちゃんと話す。こっちはますます盛況でびっくりした。そうだ。鳳皇はどうしてる？」

「鳳皇は平陽《へいよう》太守に任じて、城下に邸を賜った。景略《けいりやく》のやつ、鳳皇を後宮に留めてはならんと言うから官職を与えたのに、それでも不満顔でな。まあ、十三やそこらで太守はどうかとは思ったが、翠鱗の不在時に彗星《すいせい》が出現したことが、燕《えん》が秦《しん》を滅ぼす予兆だと言い出す者が出たので、杞憂《きゆう》であると慕容一族を昇官させた。占いに惑わされるなど馬鹿馬鹿しいことだと、すぐにわかるだろう」

聞けば、彗星の出現を凶兆とし、慕容一族の誅伐《ちゅうばつ》を具申する者がいたという。華北における人口比の高い鮮卑族を従属させるためには、首長の嫡流を皆殺しにになどできるはずがない。そして、誰もが警戒するであろう氏族を優遇することで、他の諸部族も背くより従うことに利を見いだし、叛乱は回避できるはずである。

そこで清河《せいか》公主《こうしゅ》の兄の慕容暐《ぼようい》を尚書に、弟の沖を太守に、叔父の慕容垂を首都の行政長官である京兆尹《けいちょういん》に取り立てたという。これには苻堅の弟の苻融《ふゆう》も反対した。

「でも、それじゃ、大秦の中枢の半分が氐族《ていぞく》ではない民族によって動かされるのではない？　慕容氏は亡国の民なわけで、そのうち母屋を取られちゃうんじゃないか、ってみんなが不安になるのはぼくにもわかるよ」

苻堅は自信たっぷりに笑った。

「もっとも警戒すべきは軍事と政治の両方に経験豊富で、知謀に優れた道明《どうめい》であろうが、あれは義の人物だ。かつて私の懐に庇護されたことを恩義として、決して裏切ることはない。景茂《けいぼう》は燕の皇帝まで務めたとはいえ、その性質は凡庸で優柔不断。尚書として直下において監視するだけで、たいしたことは企むまい。未知数なのは鳳皇であるが、まだ子どもだ。老獪《ろうかい》な人物を教育係につけておけば、問題あるまい。どちらにしても、王猛がにらみを利かせていれば、怖れることはない」

占いの結果を参考にして、従兄の苻生《ふせい》を皇帝に立て、国を傾けたのは尊敬する伯父の苻健《ふけん》であった。賢明な伯父の犯した致命的な過ち、それは迷信や卜占《ぼくせん》に国の命運を預けることだ。苻堅がそう考えていたとしても、誰が否定できるだろう。

翠鱗は密かに慕容沖に下賜された邸宅へようすを見に行った。留守にしていた間に、慕容垂のように大鷹もどきの守護鳥がついてしまったのではないかと心配したからだ。だが、霊鳥の大鷹はおらず、苦労もなく邸内に忍び込むことができた。一年余でさらに背が伸び、少女のように繊細であった美貌からは、ふっくらしていた頰が失われ、代わりに意志の強い少年の顎の線が際立っていた。

人間の成長する早さに驚き、まったく変化のない自分の外見を見せるのもためらわれた翠鱗は、そのまま邸を脱けだして、長安の街をぶらぶらと歩いて未央宮へと向かう。慕容沖の邸からいくらも遠ざからぬうちに、子どもらの囃《はや》し謡に、慕容沖の小字と思われる名が耳に入り、翠鱗は立ち止まって耳を澄ます。

「鳳皇よ、鳳皇よ、阿房《あぼう》の宮にとどまれよ」

長安の住民は、後宮に男寵を置くことを非難された苻堅が、慕容沖を阿房宮に囲う心づもりであると囃しているらしい。背が伸び、少年らしさを増した慕容沖の美貌は、ますます磨きがかかっていた。本人の嗜好《しこう》や立場がどうであれ、また苻堅が自己を律して慕容沖を遠ざけたとしても、醜聞好きな都人の、口さがない噂の種にされるのは避けられない。美麗なる上つ方の情事や醜聞を酒《さけ》の肴《さかな》に噂を広めるのは、庶民の最高の娯楽なのだから。

しかし、阿房宮は長安の郊外に建つ宗室の別宮《べつぐう》である。愛人を囲い閉じ込める宮殿にはなり得ない。とはいえ翠鱗は念のためにそちらにも行ってみたが、以前と違うのは植えられて間もない桐《きり》と竹の株に囲まれているところだけであった。

過去の敵を赦して重用する。

それが苻堅の諸族の融和策の根幹であった。そして、それは確かに効果を上げていたのだ。羌族《きょうぞく》の姚萇《ようちょう》や鮮卑の慕容垂らは率先して遠征に参加し、命を賭して戦って勝利を大秦にもたらした。かれらの働きぶりは譜代の群臣だけではなく、その後も争って服属してきた諸族の新参首長らの功名心をも刺激した。

年を追うごとに大秦は領土を広げていき、仇池を平らげ蜀を晋《しん》から奪った。

大秦の勢いは、誰にも止められない。かつて同じ名の王朝がひとりの王の覇業のもと、中華全土を統一したように、五百年の歳月を超えて、西戎《せいじゅう》の地より中原に躍り出た民族が中原の主となるのか。

翠鱗はいま、大秦の朝廷は誰にも御することのできない、激しい流れの中に揉《も》まれる小舟のようだと思った。あるいは、ただひとり地平の先を見つめる奔馬に率いられた牡馬《ぼば》の群れが、行く先も知らず大地を唸らせて草原を疾駆するかのようにも見える。

どうしてそのような不安な光景を連想をしてしまうのか。

大秦は晋の崩壊以後、石趙《せきちょう》でさえ達成することのなかった繁栄の中にある。それも石虎《せきこ》のように、ひとり軍事の天才が力で押し広げ、華北の富を吸い上げて浪費したような国ではない。為政者は国の富と繁栄を国民が等しく享受することを願って、寝食を削り、倹約を旨として政を行っているというのに。

そんな翠鱗の漠然とした不安は、数年を待たずにして誰も予期しない形で現実となった。

王猛が病を得て倒れ、瞬く間に危篤状態となった。

自分の霊力で王猛の延命ができるかもしれないと、翠鱗は苻堅について王猛の邸へと見舞いに訪れた。王猛の顔はすでに灰色に近く、死相が出ていた。

主君との最期の別れに人払いをして、翠鱗は王猛の枕元に立った。王猛の手首を取って脈を診ながら、もう片方の掌を額に当てて、霊力を流し込む。弱っていた脈動は確かさを取り戻し、みるみるうちに肌には生気が蘇ってきた。苻堅の顔にも喜色が蘇り、気を強く持つようにと、王猛に話しかけた。

王猛はにこりと微笑み、確かな声で主君に足労を詫びる。

が、翠鱗が手を放すとたちまち、笊《ざる》に水を注ぐように生気は漏れ去り、声はかすれて顔色は戻ってしまう。翠鱗は申し訳なさそうに首を横にふって苻堅を見上げた。苻堅は置き去りにされる子どものように、眉をしかめて口を固く閉じていた。

王猛は顎を上げて、翠鱗を見た。まだ老いには早すぎるというのに、王猛の皮膚は干からびて、目尻には老人のような皺が襞を作っていた。その皺にそって、目尻からこぼれた涙がつーっと流れてこめかみへ伝い落ち、髪の中に消えた。

「ああ、まだ少年であった主上が初めて我が陋屋《ろうおく》に訪れた日から、いつも主上のそばにいたのは、あなただったのか。見えているのに、見つけられず、知っているのに、覚えてはおけない。御名前を、伺ってよろしいか」

出会ったそのときから自分の存在を認識していた人間が、苻堅と慕容沖の他にいたことに驚き、翠鱗は胸がどきどきした。しかも、王猛には聖王のしるしである光暈はないというのに。蛟体であろうと人の姿であろうと、ずっと翠鱗の存在を感じていたというのだ。

「翠鱗です」

咳《せ》き込《こ》むように、翠鱗は名乗った。

「主上を頼みます」

我知らず、翠鱗の目からも涙がこぼれた。何も訊ねることなく、翠鱗が存在することを知り、存在する意味を察していた人間と、初めて言葉を交わしたその日に永久の別れを告げられる。

王猛と苻堅の最期の別れが、苦痛の少ないものであるようにと、翠鱗はさらに霊気を込めて、そっと身を引いた。

「主上に出逢い、大秦の治政にかかわれたことは、臣には無上の喜びです。最期にお願いがございます。どうか晋を攻めないでください。鮮卑の慕容垂と、羌の姚萇《きょう》は秦を仇と見做す者、いずれ害となります。少しずつ力を削り落とし、遠国に封じて朝廷から遠ざけてください。晋とは友好な関係を結び、両国の間に安寧をもたらしてください。伏してお願い申し上げます。とはいえ、伏したくても起き上がることも叶《かな》いませんが」

微かな笑みを口の端に乗せようとして叶わず、王猛は最期の息を吐いた。

「景略、何を気の弱いことを言うのだ。われわれの覇業はまだ途上ではないか。景略なくして、どうしてやり遂げることができようか」

滑り落ちて逝く命を引き留めようと、苻堅は王猛の手を握りしめて訴えた。

翠鱗の胸に響いてくる苻堅の落胆ぶりは、父の苻雄《ふゆう》を失ったときの絶望感に勝るとも劣らない。ともに積み重ねた長い時間と、苻堅が身に着けた翠鱗の護符によるものか、苻堅の心身の状態と感情の波を、いっそう敏感に察知し、同調するようになっていたのかもしれなかった。

享年は五十一。早すぎる死とは言えないが、その功績の偉大さに道半ばに命が尽きてしまったと、哀哭《あいこく》しない者はいなかった。

一角は、かれが石勒《せきろく》の王佐であった張賓《ちょうひん》を早く失ったことを悔い、翠鱗に王猛の健康にも気を配り、可能であれば守護することを助言した。だが、そのときはすでに手遅れではなかったかと思う。王猛は、ひとりの人間が担うには、あまりに多くの才能を抱え込んでいた。そしてその才能をすべて余すところなく発揮して、苻堅の思い描く天下を実現しようと命を燃やし尽くしてしまったのだ。

王猛の臨終にあっても、葬儀においても、苻堅は少年の日に父を失ったときのように、また、二十歳に届いたばかりで庶兄を謀殺されたときのように、取り乱して慟哭することはしなかった。

いつも通りに、その日の政務を終えるとひとり部屋にこもり、焦点の定まらぬ目で、王猛とともに描き上げてきた中原の地図をぼんやりと眺める。

翠鱗は冷めてゆく茶を何度も淹れ替え、ときに声をかけては、苻堅の注意を現実に戻そうとした。

王猛という国柱を失ったことで、国を憂える臣下もいれば、目の上の瘤《こぶ》、あるいは肩に載せられた重石《おもし》が消えたことを喜ぶ者たちもいた。法に厳格で人事に公正な宰相がいなくなれば綱紀はゆるみ、佞臣とまではいかずとも道徳観の緩い官吏が利権の汁を吸い上げる隙を探し始める。

王佐をなくした喪失感を埋めるためであろうか。苻堅は積極的に対外への侵攻を進めた。翌年には姚萇に軍を授けて涼州に派遣し、幾度も大秦に背き晋と組んで戦を仕掛けてきた張天錫《ちょうてんしゃく》はついに降伏した。

敦煌《とんこう》に至る河西回廊《かせいかいろう》の、西の果てに至るまで、大秦の領有するところとなった。

赤龍の眠る山の、すぐ近くまでが大秦の国となったのだ。もしかしたら、すでに大秦の一部となっていたかもしれない。

その年の後半には、宦官でありながらも、その剛勇さから鄧羌《とうきよう》とともに前秦《ぜんしん》の双璧とされる張蚝《ちようこう》を漠北に送り出し、鮮卑拓跋部《たくばつぶ》の建てた代国《だいこく》を征服した。大秦の領土は黄土高原のさらに黄河の北岸、かつてどの中原の帝国も領有したことのない蒙古《もうこ》高原へと大きく広がった。

涼よりも西に位置する青海高原《せいかいこうげん》を支配していた鮮卑の分派である吐谷渾《とよくこん》と、東の彼方の高句麗や新羅《しらぎ》までが、大秦の威光を畏れて朝貢を行った。

かつてない空前の版図を、大秦はその傘下におさめつつある。

未央宮の一室から、あるいは朝堂の屋根の大棟から、荷堅の広げていく天下を見守っていた翠鱗にとって、王猛が去ったのちのこの一年は、ただ怒濤《どとう》の嵐のように思えた。堤が決壊すれば、誰も濁流を止めることはできないように、人の世とそこに生きるものたちは押し流されてゆくのだ。

荷堅は王猛の死の翌年、ついに河西回廊の西短から遼東の海岸まで、北は居住民でさえその果てを知らぬ漠北の高原、南は晋との境界である淝水《ひすい》までの華北を、ついに統一した。

中原と大秦の地図を描き変えた苻堅は、漢や晋、石趙でさえ成し得なかった偉業を達成したにもかかわらず、皇帝の称号を自らに冠することを許さなかった。

大秦と苻堅はまだ、華南《かなん》を大秦のものとしていないのだ。

第八章　燕雀鴻鵠《えんじゃくこうこく》

大秦《だいしん》の群臣に対して、苻堅《ふけん》は王猛《おうもう》を登用した当時から『王猛の言葉は自分の意志』と断言していた。行政から司法、軍事まであらゆる分野において、王猛の進言ならばそれがなんであれ採用し、君主の承認さえ必要ないとまで信頼していた苻堅であった。とはいえ、苻堅が政務を王猛に任せきりであったり、言いなりであったことは一度もない。王猛は苻堅の性格と政治方針をよく理解しており、その方針から外れるような政策は取らなかった。ふたりの意見が食い違うときは、どちらかが納得して折れるまで、夜を徹してでも議論を交わしてきた。

君主からの絶大の信頼と、確固とした庇護と後押しのもと、数々の政策をときに強硬に推し進めてきた王猛の遺言は、決して晋を攻めてはならない、中華の統一に固執してはならない、というものだった。

だが、たとえ王猛の死の床からの願いであろうと、中華の統一をあきらめることは、苻堅には考えられないようであった。

鮮卑《せんぴ》族《ぞく》や羌族《きょうぞく》などの異民族を、都とその周辺に住まわせ、重く用いて朝廷の中枢に関わらせる苻堅の政策にも王猛はたびたび苦言を呈していた。しかし、苻堅はこの諫言を聞き入れなかった。慕容垂《ぼようすい》が亡命したときも、王猛はこれを即刻取り除くことを進言したが、退けられた。羌族の姚萇《ようちょう》も、決して信用してはならないと繰り返し諫言し、このふたりを要職につけることのないよう、死の間際にも重ねて懇願した。

王猛は、苻堅の民族融和にかける理想を理解していた、おそらく唯一の人間であったが、同時に主君よりもはるかに現実的であった。言葉と文化を同じくする民族内の、祖先をひとつとする同氏族における、両親の血を分け合った兄弟同胞でさえ、対立して憎み合い、争うのが人間というものだ。まして、異なる民族の間には、決して越えられない壁があり、埋められない溝がある。

苻堅と王猛のように、あるいは石勒《せきろく》と張賓《ちょうひん》のように、それぞれ異なる出自と文化を背負いながらも互いの違いを尊重し、それぞれの才能を正しく評価し、馬の合う主従として親交と信頼を深めていくことは可能ではある。今日の大秦の繁栄も、苻堅と王猛がそれぞれの立場で対論し、譲歩し合うことで築かれたといっても過言ではないのだ。

だが、誰もがふたりの友誼《ゆうぎ》と信頼を知るわけではなく、まして自らの縄張りを侵食してくる異分子に対して、寛容になれるわけではない。

氏族の苻堅と漢族の王猛が出逢い、意気投合し、互いの違いを摺《す》り合《あ》わせながらの共同事業が国家の繁栄という実りをもたらすためには、晋《しん》の崩壊、あるいはもっと以前の後漢の滅亡と魏呉蜀《ぎごしょく》が三《み》つ巴《どもえ》に争った三国時代から大秦の台頭までのあいだに積み重ねられ、繰り返された、無数の出会いと葛藤の百五十年という長い歳月が必要であったのだ。

苻堅の兼愛思想を世の人々が理解することは、時期尚早であることを実感していた王猛は、異民族の有力者に力を与えぬよう、何度も説得を試みてきた。死の床の最期の瞬間まで、聡明な苻堅であれば、現実の世界に立ちはだかる壁を悟ってくれると願っていたことだろう。

しかし、苻堅はあれほど信頼し、理想の国家について語り合い、その進言と献策を受け容れてきた日々がなかったかのように、王猛の遺言を一切無視して、着々と華南征服の準備を進め始めた。

むしろ、漢族として晋の存続を願っていたであろう王猛が去ったことで、征南を押しとどめていた箍《たが》が外れ、いよいよ中原の統一に着手したようにも思える。

赤龍《せきりゅう》との対談から、翠鱗《すいりん》は無心に苻堅の命を守護し、その行方を見届けることに心が定まった。しかし、今際《いまわ》の際の王猛に霊気を注いだことで、王猛の最後の息も自らの体内に取り込んでしまった。願いと祈りの込められた王猛の気は、翠鱗の胸の底に沈み込み、流れ出て行かない。自分がどうすればいいのか、何ができるのかと、翠鱗はまた堂々巡りに悩み始めた。

苻堅は翠鱗の書院に大卓を入れて、その上に中華の地図を広げて夜ごとに南征の作戦を立てるのが習慣になった。

あれほど寵愛した清河公主《せいかこうしゅ》の鳳凰殿からも足が遠のく。

通常の朝議や上奏文の処理、行政の実務に加えて、旱魃や水害が頻発するため、治水灌漑工事に関する会議と手はずについても、進捗に気を配り費用の修正に細かく心を砕くなど、苻堅には自由になる時間はほとんどなかった。華南征服のための戦略を練る時間を確保するためには、後宮で過ごす時間を減らすしかなかったのだ。

華南の河水や山野、都市が詳細に描かれた地図をいくつも集めては比べ、兵站に使える食糧や武器の備蓄、動員できる歩騎の数などを、郡県別に割り当てて計算させたものを、定期的に提出させては地図上で模擬戦を繰り返した。

ときに、鄧羌《とうきよう》や張蚝《ちようこう》といった、歴戦の勇将や譜代の軍臣たち、将軍職にある弟たちや従兄弟、息子ら皇族を個別に招き、意見を求める。

中華の大地は広大で、華北と華南では気候と地勢が極端に違う。石勒の二度にわたる南征は、風土病と長雨によって挫折を余儀なくされた。大秦の主力を占めるのは氐《てい》族《ぞく》、鮮卑、羌族、匈奴《きようど》などの、いずれも騎馬を得意とする民族である。雨量が多く河川や湿地の多い華南では船を操る術が重宝され、北族の得意とする騎馬兵が不利になるというのも、すでに三国の時代からよく知られたことであった。

「渭水《いすい》に船を浮かべ、水兵の訓練をさせなくてはならんな」

苻堅のつぶやきに、油灯に油を足し、手をつけられないまま冷めた茶を淹れ替えていた翠鱗は、何度目かの問いを投げかける。

「ねえ、文玉《ぶんぎよく》。どうしても晋を倒すの？」

苻堅は「当然だ」とこの夜も同じ答を返す。

なぜだろう、と翠鱗は思う。王猛の臨終に立ち会ってから、苻堅はどこか人が変わってしまったような気がする。そしてかれを包む光暈の大きさや明るさも、それまでと違ってしまった気がするのだ。光の大きさはむしろ広がっているのだが、これまでは見られなかった朱色の光条がゆらりと見え隠れする。

何だろう、なぜだろう。いぶかしむばかりだが、どこに答を求めればいいのか、翠鱗には知る術がない。

王猛の死から三年。初春の寒気いまだ去らぬ季節に、苻堅は尚書令を務めていた庶長子の苻丕《ふひ》に、十二万の大軍と南征の戦略を授け、晋領の襄陽《じょうよう》へ侵攻するように命じた。苻丕の配下には、涼の征服に功のあった武衛《ぶえい》将軍の苟萇《こうちょう》と、尚書司馬《しょうしょしば》の慕容暐《ぼようい》、京兆尹の慕容垂、揚武将軍の姚萇、さらに経験豊富な秦《しん》軍の将軍たちがつく。

襄陽には漢水《かんすい》の重要な河川港があり、内陸の長安から下流の建康を攻める兵站の拠点としても、必ず押さえなくてはならない都市であった。

数の上では大軍であったが、やはり船の数で劣るせいか、苻丕が望んだように急攻して城を落とすことは難しく、秦軍優位ながらも決着がつかないまま一年近くが無為に過ぎる。

朝廷では苻丕の功績のなさを糾弾する者もあり、苻堅は息子の降格を迫られていた。「来春までに勝利せねば、自決せよ。戻って相まみえる必要もない」と剣を添えて書き送った。

翠鱗はこの処置にひどい衝撃を受けた。苻丕は正室の腹ではないにしても、苻堅がまだ東海王であったころに授かった、初めての男子であった。苻丕が生まれたときから親子を見守ってきた翠鱗は、苻堅が長男をどれだけ可愛がってきたか知っている。

　功を立てられない臣下に対して、厳しくあらねばならないのは仕方がないにしても、溺愛していた長男に自決用の剣を送りつけるなど、無情としか言いようがない。

　苻堅の内側で、何かが変わってしまった気がして、翠鱗は鱗の逆立つ思いがする。

　やきもきと月日の過ぎるのを見ていた翠鱗だが、春を待たずして、苻堅が襄陽への援軍として親征すると言い出したので、ほっと胸を撫で下ろした。庶長子を見捨てるつもりはなかったということだ。

　翠鱗は急いで自分も随行の支度を始めた。

　しかし苻堅が弟の苻融《ふゆう》を関東から進軍させて、寿春《じゅしゅん》で合流することを計画したところ、反対されてうやむやになっているうちに、年明けた期限のぎりぎりに苻丕は襄陽を陥落させ、城主の朱序《しゅじょ》を捕らえて長安に送った。

　この一件で、苻丕が功を挙げて命を永らえることができ、一番ほっとしているのは苻堅であればいいと、翠鱗は思った。

　苻堅は怨敵平等の理念を発揮して、朱序を赦して財政担当大臣にあたる度支尚書《たくししょうしょ》に任命した。晋の将軍として剣戟《けんげき》を交わした漢族であろうと、大秦に降れば高位高官として待遇を授かるということを、天下に明らかにしたのだ。

敵国の将を厚遇することに反対していた王猛であればどう言ったかな、と翠鱗は書院に広げられた地図を眺める。漢人同士ということで、朱序を歓迎したかもしれない。いまとなっては、永遠にわからないことではある。

苻丕はさらに秦軍を東へ進め、夏には晋の都の建康に近い、広陵《こうりょう》付近にまで攻め込んだ。ここへ来て晋は反撃にでて、苻丕は苦戦して淮水《わいすい》まで押し返された。二年もかかったが、襄陽と淮水以北を大秦の領域としたことは、将来の華南遠征の足がかりにはなる。

いよいよ天下統一が視野に入ってきたところで、北辺の幽州で叛乱が起きた。安北《あんほく》将軍で幽州刺史の傍系皇族苻洛《ふらく》を、晋攻略における漢水上流の押さえとするため、征南将軍に任じて成都《せいと》への赴任を命じたことが発端であった。苻洛は移封を辺境から辺境への左遷と受け取り腹を立て、龍《りゅう》城《じょう》において反旗を翻したのだ。苻洛は自ら秦王を称して幽州で七万の兵を掻き集め、幷州一帯をも巻き込む内乱を引き起こした。

平和であった長安とその周辺は、たちまち擾乱《じょうらん》に便乗した盗賊や泥棒が暴れ出し、人々は避難先を求めて右往左往する。

突如として勃発した内乱に、苻堅は華南遠征を保留にして、祖父の長男の息子という、傍系の将軍の始末をつけなくてはならなくなった。

「あとひと息であったのに！」

卓に拳を叩きつけて、苻堅は吐き捨てる。

晋では桓温《かんおん》が死去して、内憂外患の危機とも言える政権の交代期であった。外交と防衛が無防備になる、攻め込むには絶好の機会だ。加えて大秦は華北統一の勢いもあって士気が高い。

このときも、翠鱗は苻堅の近くに控えていた。ただ、以前のように、気安く慰めや励ましの声をかけることが難しくなっていた。

長男に失敗を許さぬ自決の剣を賜ったり、ひとりきりとはいえ、焦りと怒りをあらわに罵りの言葉を吐くような苻堅に、聖道から外れてしまうのではないかと、鱗がざわざわと波打つような不安が翠鱗を悩ます。

だから、翠鱗は言わなくてはならない。

「文玉は、どうしてそんなに焦っているの？　文玉はまだ若いし、大秦はいまものすごく強大になっているから、急ぐことなんかないと思う。それに、王猛がいまは晋と戦っちゃだめだ、って遺言したのにも、理由があるんでしょう？　文玉はいつも、王猛の意見は適切で正しいって言ってたのに、どうして――」

苻堅は口角を引いて、不快そうに横を向く。

「景略《けいりやく》は南北の統一そのものは反対ではなかった。忘れたか。桓温が死んだ年に派遣した、晋領であった蜀への出兵も、景略は異を唱えなかったことを」

皇帝よりも軍閥の力の強い晋では、桓温は皇帝を擁立するほどの実力を持ち、禅譲を目論《もくろ》んでいた。野望は叶わず命数が尽きてしまったが、それほどの権力者が死んだあとは、よほどの指導力を持つものが政権を掌握しなくては、内乱が起こる。

このときの蜀への侵攻は、桓温を失った晋に揺さぶりをかけ、朝廷の求心力と軍事力を測る目的もあった。

「じゃあ、どうして王猛はあんなに何度もはっきりと晋とは戦うな、って遺言したの？」

「景略は、私ひとりでは南北を統一することはできないと考えていたのだ」

苻堅は忌々しげに卓を叩いた。

「だが、そうではない。襄陽攻めは時間がかかったが、城が落ちれば建康までは無人の野を征くが如《ごと》きであった。苻洛が我欲を張って天王位を要求しなければ、いまごろは天下はひとつであったかもしれんのに！　やつが挙兵したせいで我が軍を立て直す間に、晋に団結と準備の時間を与えてしまうことになる」

苻堅の怒りはおさまらなかったが、裏切り者たる苻洛への対応は、いつも通りの手順を踏んだ。討伐軍を出す前に『一、親族の情に訴える。二、争わずに兵をおさめれば現在の官職と爵位を保証する』方法で説得を試みた。

一度は赦すという、従兄弟らと実弟の起こした四公の乱のときも、同じ方法を採ったが有効ではなかった。従兄弟と弟たちも、最初の謀反の企みが暴かれたときは赦した。このときも、苻堅は苻洛に対して、成都への移封は白紙に戻し、幽州に留まり世襲の諸侯の地位を保証すると請け合った。

そして、このときもまた、従兄弟たちがそうであったように、苻洛は苻堅の申し出を拒み、十数万の兵を巻き込む骨肉の戦いとなった。剛力で勇猛果敢な苻洛は粘り強く戦ったがついに敗れ、その身柄は長安に護送された。

怨敵平等――本来ならば極刑と三族の族滅を免れぬ身内の裏切りにも、苻堅は可能な限り寛容であろうとすることはやめなかった。苻洛の爵位を剝いで死罪を免じ、涼州への流刑に処した。

翠鱗はまだ苻堅は聖王の道を歩いていると、安心することができた。

南征は頓挫したが、大秦は勝利し得たものも多かった。南辺に確保できた拠点や、手《て》強《ごわ》かった箇所を見直し、策を練り直す必要もある。そして、十万前後の軍を二年近くも動員し続けたことで、将兵を休ませ物資を蓄える時間もまた、たっぷりと取らねばならなかった。

長安には平穏な日々が戻った。だが、翠鱗にはそれが表面的なものに過ぎないことがわかっていた。宮廷にも城下にも、人々が肩を寄せ囁きを交わす場所には、細い糸をピンと張ったような緊張感が漂っている。

翠鱗はこの緊張感の正体について語り合いたくて、一角《いっかく》が城下に借りていた家を訪ねてみたが、一角も朱厭《しゅえん》もいなかった。かといって空き家でもないらしく、掃除をしていた女に住人について訊ねたところ、しばらく留守にするということであった。慕容垂の大鷹もどきの碧鸞《へきらん》についても相談したかったのだが、あてが外れた。

翠鱗はひとりで慕容垂の邸へ行き、蛟体に戻ってその近所で見つけた寺院の仏塔に登った。五層の屋根に貼り付いてそこから邸内をのぞき込み、碧鸞の気配を捜した。

これまでになく大胆な行動に出たのは、もし碧鸞に自分の存在を勘づかれて攻撃を受けても、自分には反撃に出る力があることを自覚したからだ。苻堅の息子たちが慕《ぼ》容沖《ようちゅう》に桃を投げる嫌がらせをしていたときに、偶然にも発見した能力――稲妻を飛ばす――は、まだ自在に使いこなすところまではいっていない。だが、遠い昔に自分をさらおうとした鷹から逃れたときのことを思えば、自分自身に危機が及んだときは、雷電を放って相手を撃退できる自信はあった。

五層の屋根から見下ろしても、一町をまるごと占める広大な邸から、一羽の鳥を見つけ出すのは簡単ではない。しかし、相手のまとった霊気はごまかしようがないから、根気よく捜せば見つかるはずだ。

不意に、背中に電流が走った。首筋の棘から火花がパチパチと飛ぶ。翠鱗は身を起こして少年の姿に変じた。屋根から転げ落ちないよう、腰を落として膝をつく。十歩離れたところに、大鷹がひらりと舞い降りた。こちらも青く霞《かす》んだかと思うと十八、九の青年に姿を変じる。

「碧鸞？」

翠鱗の問いに、青い衣をまとった鼻の高い青年は、油断のならない笑みを浮かべた。

「私の名を知っているのか」

「あてずっぽうだけど。君は慕容垂の守護鳥？」

「そして君は翠鱗で、苻堅の守護獣」

翠鱗の問いに、碧鸞がふざけた口調で言い返す。

「慕容垂は君の聖王なの？」

「苻堅が君の聖王であるように」

言葉を弄ぶ言い草は、むしろ不快感を抱かせるのだが、翠鱗は頓着しなかった。

「鸞って、鸚鵡《おうむ》みたいに相手の言葉を真似《まね》ないと話ができないの？」

「そんなことはない」

「どうして初めて会ったとき、ぼくに襲いかかったの？」

碧鸞は、そんなことはもう忘れていたといった風で、目を瞠り、それから思い出したらしく笑い声を上げた。

「そりゃ、美味《おい》しそうな蜥蜴が、見つけてくださいとばかりに屋根に張り付いていたら、こちらとしては唾がでて我慢できない」

鸞にとって、蛟は捕食対象なのかと、翠鱗の鱗が逆立つ。仲良くできそうにない相手のようなので、翠鱗は知りたいことだけを訊ねて終わりにしようと考えた。

「君は西王母《せいおうぼ》に会ったの？」

碧鸞は尊大にうなずく。

「慕容垂を天子の位につけることが君の天命？」

「道明《どうめい》がどこまでゆくかは、かれ次第。私の天命は、かれの命を不慮の事故や病から守ることだけ」

一角や赤龍が担った天命と、同じようなものらしい。ただ、一角や翠鱗のように、聖王の道にこだわっているようではない。

「鸞が天命を果たすと、何になれるの？」

「質問ばかりだな。蛟は会話もできないのか」

茶化すような応答で、翠鱗を煙《けむ》に巻こうとしていたのは自分であったことは棚に上げて、碧鸞は不機嫌に口を尖らせた。

「普通に話そうと思えば、君だって普通に話せるんだろ？」

と、翠鱗はまた質問する。

碧鸞は屋根瓦の上に腰を下ろし、あぐらを組んだ。

「まあな。蛟と話すのは初めてだから」

「ぼくは鸞と話すのは二度目だよ。青鸞《せいらん》は親切で知的な話ができそうだった。時間がなくて、あまり話せなかったけど」

碧鸞はびっくりして背筋を伸ばす。

「青鸞を知っているのか。それはお見それ」

「知っている、というほどじゃないけど。挨拶をした程度」

翠鱗まで、碧鸞のような紋切り型の話し方になってしまう。

「同じ場所に聖王がふたり、守護獣がふたり、ってどうなるのか知ってる？　西王母はこんな事態を考えなかったのかな」

「同じ時代に聖王が何人も出ることはあるし、守護獣の天命を負った霊獣の仔が何体も現れることは珍しくない――らしい。玉山を目指す者は多いが、還る者はとても少ない。だから守護獣の数は聖王の数よりはるかに少ない」

自分の知識をひけらかすのが楽しいのか、碧鸞は翠鱗が訊くことを思いつかなかった疑問にまで答えてくれた。

「じゃあ、玉山に行かず、幼体のまま生きる霊獣の仔は、たくさんいるのかな」

「たぶん。鸞は天命を探さない。霊力がなくても翼を鍛えれば空を飛べるから。ただ、天命を果たした鸞は尊敬される。やってみようかな、と思う者は西王母に会いに行く」

玉山の試練も、天命の遂行も、蛟の自分とはずいぶんと違って気軽に受け取っているようだ。翼があるということが、少しうらやましい。

「じゃあ、ぼくたちが争う必要はないよね」

「ない」

翠鱗の胸のつかえが、ひとつ落ちた。初対面でいきなり襲われたことが、今日までずっと尾を引いていたのだ。敵でも味方でもなく、干渉しあうことのない相手だと知れば、もう気に病むことは何もない。同じ守護獣同士、情報交換ができればいいと思ったが、碧鸞とは馬が合わない気がする。

「そうか。会ってくれて、ありがとう」

翠鱗が素直に礼を言うと、碧鸞はきょとんとした顔で、二度ほどパチパチと瞬きをした。そして「どういたしまして」と首をかしげた。

案ずるより産むが易《やす》し、という事例の典型だ。相手の正体や力、そして目的がわからないあいだは、戦々恐々としてやたらと気になるけど、勇気を出して正面から対峙してみれば、そこまで気に懸ける必要はなかったことに気づかされる。

そして、玉山への旅は難しく、翼ある鳳凰の雛にとってさえ、積極的な挑戦をためらう試練であると知ったのは、自分なりの収穫であった。

苻丕の南征から二年、苟太后《こうたいこう》に謀殺された兄の苻法《ふほう》の子である東海公と、王猛の息子の王皮《おうひ》が結んでの謀反が露見したり、幽州で大規模の蝗害が起こり救済政策に追われるなど、必ずしも平穏ではなかった。しかし、苻堅は蜀にて水軍を整備させるなど、南北統一の準備を進めていた。

西域のさらに西の彼方、敦煌《とんこう》より西の沙漠を越えて、車師国《しゃしこく》と鄯善国《ぜんぜんこく》の王が朝見に訪れて朝貢の意志を告げた。そして、漢の時代のように西域都護《とご》を設置して、敵対する勢力を鎮圧するための助力を願い出た。宰相の苻融をはじめ、群臣は耕作地の見込めない西域よりも、中原に目を向けるべきときであると反対した。

しかし漢の時代と異なり、西域経営を困難にしていた匈奴は漠北と西域を去り、この両方の地の大半を大秦が支配している現在、中華の歴代君主が誰も到達したことのない彼方へ教化が叶う、千年の未来まで残る事績であると、苻堅は西域の平定のために七万の兵を出すことを決めた。

この決定を下した日の夕刻、苻堅は翠鱗に空白の多い西域の地図を見せて、赤龍の棲《す》み処《か》はどのあたりかと訊ねた。翠鱗は岩石と沙漠の連なる荒野を思い出し、青海や崑山《こんさん》のあたりを指先でなぞったが、はっきりとした場所を示すことはできなかった。なにせ道のないところは、尾根も谷も氷河も、一角麒《いっかくき》の背に乗って跳び越えていったのだから。

「西域の都督に任じた驍騎《ぎょうき》将軍の呂光《りょこう》に、もっと詳しい地図も作らせよう」

苻堅は上機嫌で翠鱗に話しかける。

「東の渤海から西の大宛《だいえん》へ続く万里の地平、漠北の彼方と江南の森。大秦は誰も見たことのない大中華という、空前の帝国になるやもしれぬな」

良馬を乗り換えて走り続けても、端から端まで往復するのに、二年はかかる広大な帝国だ。ひとつの国に、そこまでの広さが必要なのだろうか。翠鱗にはわからない。

ただ、その広大な国土に住む様々な人々が互いを差別することなく、法と資源を共有し、争うことのない世界は、さぞかし住みやすかろう。聖王が実現する一視同仁の天下とは、まさにそうした社会なのかもしれない。

翠鱗はもはや苻堅の目指す未来像の是非については考えない。ただ、苻堅の命とその夢を守ることだけに、自分の霊気を注ぐことが、自分の存在する意味だと考えるようになった。

いま現在の誰もが、不可能だ、夢物語だと首を横に振る事業であろうと、実現のために一歩踏み出したことが、千年先の未来で評価される。

不可能に挑戦した苻堅の名が歴史に刻まれ、後世に語り継がれればいい、と。

建元《けんげん》十八年、苻堅が即位して二十五年が過ぎた。

漢水の南岸、沔水《べんすい》の北岸にある秦の屯田を、晋の将軍が焼き討ちにかけて荒らし回り、住人を拉致していった。

苻堅は太極前殿に群臣を集めて、東晋《とうしん》討伐について切り出した。

「中原とその周囲四方の平定がほぼ終わったというのに、東南の一隅だけが、いまだに大秦の権威に背いている」

天下統一への熱意を切々と語り、備蓄している軍事物資で動員できる精兵の数は九十六万、自ら兵を率いて南征に乗り出したい、と親征について諮った。

賛成するものはほぼおらず、苻堅の即位に尽力した古株の権翼《けんよく》が、先頭を切って反対意見を述べる。

曰く「桓温の死後九年が経ち、晋には内乱もなく謝安《しやあん》が政権を引き継ぎ、桓温の軍閥を引き継いだ弟の桓沖《かんちゆう》は晋の皇帝に忠実で、謝安のもとで西府軍団を統括し、朝廷は団結し、民衆は生活に不足はなく、晋の宗室に不満はない。安定した政権を打ち破るのは難しい」。

苻堅は沈黙したのち、他の者たちに意見を求めたが、群臣も口々に反対論を唱えた。

曰く「江南の地勢は攻めがたく、星占の兆しを見れば晋に有利で秦に不利」。

曰く「北族の騎兵が主力の秦軍は、長江《ちようこう》流域では著しく不利」。

曰く「先の南征の疲弊から回復していない。いまは休養と備蓄のとき」。

曰く「晋を討つべからずと言う者は忠臣なり」。

等々……ひとりひとりが各々の意見を述べ、あるいは同じような意見が続き、遠征を支持する声もわずかながらあり、議論は果てしなく続く。

苻堅は時を見て、解散を命じた。

ぞろぞろと退出する群臣たちの列を、翠鱗はいつものように梁の上から見守っていた。やはり、誰も苻堅の目指す境地を理解しない。しようとすらしない。特に反対の論拠に星のめぐりを解き明かして、いちいち地上の表象と重ねて解釈しようとする。

星など地上のどこにいても同じ絵を描き、それぞれの物語が解釈できるというのに。不吉な赤い熒惑《けいこく》や彗星の動きについて言えば、南北の両側から『あれは敵の兆候である』と、互いに災厄の責任を押しつける。

地を這う人間が、天象の何を理解しているというのか。翠鱗自身が地を這う小さな獣でありながら、間もなく仙化し天界へ昇る赤龍の姿を思い描き、天と地のはざまで飛翔する姿を自分に重ねて、何も知らない人間たちを憐れにさえ思う。

群臣が退出し、朝堂がしんと静かになると、いくつもの重職を兼任する宰相の苻融がひとり残った。すでに親征の決断のついている苻堅は、弟と相談を詰めるつもりであったが、苻融は南征を思いとどまるよう、論拠を連ねて諫言した。

王佐としてもっとも頼りにしていた弟に真っ向から反対されて、苻堅は腹を立てて顔を赤くする。それでも、ひとつひとつ苻融の主張に反論し、出陣の決意は変わらないと言った。

苻融は、かねてより直言を重ねていた不安要素——異民族を多く中枢に抱え込んでいる大秦の実情——を説き、血肉たる氏族は遠方に配置してしまったことを訴えて、国を傾ける遠征を強行する危険を涙ながらに説く。

「精鋭をみな南征に送り出し、都の留守を預かる太子を、ほんの数万の弱兵で守るような状況を、鮮卑や羌族、羯族《けつぞく》が見逃すはずがありません。陛下は常に王猛の機略を称え、従うよう我々に命じておられました。陛下がだれよりも信じ、頼りにしておられた王猛の臨終の言葉を、思い出してください」

氏族を辺境に配置したのは、遠ざけるためではない。確かに元勲を笠にきて国事に干渉する老人たちには名誉職を授けて権力を削り落とすことはするが、同族だからこそ、国家の賊の温床となる辺境の守りを任せることができるのだ。

そして、服属を願い出て庇護を誓った者を信じずに、いちいち仇敵《きゅうてき》と見做して排斥を続けていては、このあまりに多様な人種の坩堝《るつぼ》たる広大な帝国を経営してゆくことは困難であろう。

だが、それを繰り返し説いても誰も理解しない。

南征に反対する群臣たちは、苻堅が信任する仏僧道安《どうあん》に泣きついて説得を頼み込んだ。しかし道安はすでに南征の同行を依頼されて、諫止《かんし》を試み、拒絶されたあとだと知って、落胆するばかりであった。

寵妃の所生で苻堅が秘蔵とする末子の中山公苻詵《ちゅうざんこうふしん》の、必死の懇願にも、「子どもが国事に口を出すなど、殺されたいか」と一喝されてしまったという。

詵はいつか苻堅の息子たちにいじめられていた慕容沖を助けるために、翠鱗が姿を借りた少年だ。あれから十年以上が過ぎたいま、少年は思慮深い青年に成長して、もはや翠鱗が姿を写し取ることもできなくなっていた。

朝廷の空気が日々重苦しさを増していくのもおかまいなしに、幽州の蝗害は、いっこうにおさまる気配がない。

このような災害も、二十五年をかけて天下をひとつにできない自分に下された天譴であろうかと、苻堅はつぶやいた。

年が改まり、西域に都督として赴任する驍騎将軍の呂光軍を見送る。

大秦には、一度に動員できる九十七万の精卒があるというのは、苻堅の計算である。西に大秦の威光を届けるための七万を割いても、まだ九十万の余力があるのだ。

苻堅は華南の遠征を支える大秦の国力に、絶大の自信をもっていた。

だが、南征への決意を群臣に告げたとき、賛意を示したのは慕容垂のみであった。

大秦は人材も軍需も充実しており、晋はより強大な国に帰順すべきであり、晋の武《ぶ》帝《てい》が孫氏《そんし》の呉を平らげたとき、出兵に賛成した臣下がわずかであったことや、古典からの引用など、さまざまな例をとって、苻堅の決断を後押しした。

慕容垂の円熟した人柄と、実績に支えられた深く落ち着いた声には、確固とした説得力がある。苻堅の表情が目に見えて明るくなった。

翠鱗は、廷臣らが口を酸っぱくして訴える、被征服民の臣下が大秦の朝廷を覆す可能性について考えた。人外の自分が何をどう考察しても、人界の成り行きに干渉することはない。そう腹を括《くく》ったものの、慕容垂が積極的に南征をけしかける表情を注意深く見つめる。意見を具申している慕容垂を包む光暈と、それに向かい合う苻堅の放つ光暈。どちらが大きいとか美しいとか、比較はできない。

翠鱗だけに見える光暈の乱舞は、ふたりの鬼才が組めばどんな未来でも可能ではないかと思わせるほどに、明るい輝きに満ちている。

——慕容垂は嘘は言ってない。可能性を語るならば、国力が圧倒的に勝る大秦が負けるなんて考えられないから、文玉と慕容垂は正しい。だけどその大軍の半分の兵権を握っているのが、慕容垂や姚萇みたいな大秦に故国を滅ぼされ、兄弟を殺された異民族の首長だと思えば、反対派の言うことも間違いじゃない——

強硬に反対するのは、面従腹背の異民族に囲まれて、少ない護衛兵と長安に残される氏族の重臣たちであった。そして、いまでも心の内では官軍と仰ぐ晋が、強大な大秦に呑まれ滅亡していく様を見たくない、漢族の臣民であった。

その日も、出兵を思いとどまるよう、涙を流して陳情する漢人の官僚を追い返して、苻堅はかたわらの翠鱗に話しかける。

「あの者たちは、我が大秦の禄《ろく》を食《は》みながらも、絶えず国境を侵しては、我が秦の無《む》辜《こ》の民を苦しめる晋が滅ぼされるのを、見るに忍びないのだ。王猛が死に際に南征に反対したのも、そういう心があったのだ。そうは思わぬか」

苻堅が王猛を字でなく姓名で呼んだことで、翠鱗は背筋にぞわりとした霧氷の冷たさを感じた。

官僚の去った一点をじっと見つめてつぶやく苻堅の横顔を、翠鱗は見上げた。静かな、というよりは無表情なその面に反して、翠鱗の胸に伝わってくる苻堅の内心は、嵐の前の不穏な大気のざわめきに似ている。

王猛が死に臨んで、何を願っていたか。気の交換をした翠鱗は漠然と感じ取っていたから、苻堅の憶測を否定できなかった。大秦に仕官する前に、王猛は桓温の陣幕を訪ねて軍略と天下について語ったことからも、かれの才幹を活《い》かせる場が晋にあれば、歴史はまた別の流れを作っていたかもしれない。

「でも、王猛は心から文玉に仕えていたよ。大秦を平和で豊かで安全な国にした。文玉の理想を形にするために、命を削って。そうじゃない？　それに、生前は晋の併呑をいっしょに相談していたんでしょう？」

「自分が生きている間に併呑できるなら、そうするつもりだったろうな」

淡々とした、あまりにも感情のこもらない口調であった。

王猛を我が孔明《こうめい》と呼び、信頼の深さは石勒と張賓よりも親密であったと世間には評されていた王猛に対して、そしてその生涯と才知のすべてを苻堅の覇業と華北の統一に捧げた無類の賢臣に対して、苻堅はその胸に灰色のわだかまりを抱えているようだ。

「王猛が、晋を攻めるなって遺言を遺したこと怒っているの？」

まるで自分が叱られた子どもであるかのように、怯えた声で訊ねる翠鱗に振り向いた苻堅の頰に、無意識の笑みが漂う。

「怒ってなどいない。同胞を想う気持ちは誰しも同じであろう？　景略は鮮卑も羌《きょう》も信じていなかった。では、決して私に明かさない胸の底では、氐《てい》族にも心を預けてはいなかったのではないか。そう疑ってしまうのは、私が狭量過ぎるからか。どれだけ聡明な人間であろうと、異民族への偏見と差別意識から解き放たれることはないのか」

王猛の真の忠誠心がどこへ向かっていたのか、もはや知る由もない。ただ、王猛の遺言が苻堅の胸に遺した、疑心という名の一雫の黒い染みは、どのようにしても決して拭い去ることはできないことを、翠鱗は悟った。

翠鱗は苻堅の正面に立って向かい合い、龍袍の胸に刺繡された、五本爪の龍に指で触れた。豪奢な絹の袍に覆われた胸の奥に、王猛が残していった空洞を感じ取ることができる。王猛がもう少し長く生きて最後までともに駆け抜け、覇業を成し得ていたら、と想わずにはいられない。

苻堅はいま、かれひとりの力で、夢の果てまで行き着かねばならないのだ。

ただの王者の孤独ではない。

同族の誰一人として苻堅の理想を理解しない。地上に生きる人々が、それぞれに互いの違いを乗り越えて共存できる国が創れると、誰も想像することすらできないこの広大無辺の世界で、苻堅は孤独であった。

思い出したように、唇にうっすらと笑みを刷いて、苻堅がつぶやく。

「道明だけは、私の気持ちがわかるようだな」

「慕容垂が？　そうかな」

翠鱗の本音では、一番警戒すべきは慕容垂だ。あの油断ならない碧鸞に守られている慕容垂は、自分に聖王の資格があることを知っている。しかし、翠鱗の内心を知らぬ苻堅は、ようやく自然な笑みを浮かべて穏やかな瞳を見せた。

「身内に放逐されてさまよい、行き場をなくしていた道明を、敵味方のしがらみを捨てて我が国に受け容れたことは、無駄ではなかったようだ。これだけは景略の予見が外れた」

翠鱗は両手を広げて龍の刺繍を撫でた。刺繍の下、苻堅の胸の奥に横たわる空洞を、どうしたら埋めることができるのだろうと、ひどく切ない気持ちを自身の胸に抱えながら。

出兵のぎりぎりまで、非戦を訴える群臣はあきらめずに苻堅を諫《いさ》め続けた。皇太子の苻宏《ふこう》もまた、星辰の守護は江南にあり、いまは機が熟していないこと、江南にはいまだ逸材がそろい、晋主はいまだ徳を失ってはおらず君臣の紐帯は固く、これを崩すことは困難であること、江南の気候や風土病にも言及して父を説得しようとしたが、苻堅は星辰の兆しに逆らっても勝利した例は、歴史上枚挙にいとまがないことや、他のもろもろの主張や戦術論についての根拠を崩し、論破してしまった。

ついには寵妃の張氏《ちょうし》まで、婦道に反するのを覚悟で諫めたが、「戦争のことに女が口を出すな」とかえって怒りを買う始末であった。

非戦を訴える群臣らを嘲笑《あざわら》うかのように、晋の桓沖《かんちゅう》は十万の兵を率いて襄陽を攻める。襄陽は双方にとって漢水の通行の要であり、晋にとっては喉元の楔《くさび》であったから、奪い返さなくてはならない拠点であった。並行して沔水《べんすい》北岸の城を次々と攻め、これに激怒した苻堅は、五男で征南将軍の苻叡《ふえい》、冠軍将軍の慕容垂、後将軍の張蚝《ちょうこう》、龍驤将軍の姚萇と、知将、猛将、勇将の尽きることのない大秦の人材を惜しむことなく沔水沿いの城の奪回、攻略に送り込み、桓沖はたまりかねて撤退した。

火種は常に両国の境にあり、南北が統一されるまで、漢水、淝水《ひすい》、沔水のほとりの住民たちの暮らしは常に脅かされ続け、戦禍に怯え、安寧を知ることはない。

ゆえに、天下は統一されなくてはならない。

書院で戦場を定めるべく地図上の河川を指し棒でなぞりながら、苻堅がそうつぶやいているのを、翠鱗は幾度か耳にした。

そうしてついに、建元十九年、晋の太元《たいげん》八年の秋。

苻堅は百万と号する大軍を、晋の征伐のために南進させた。

第九章　淝《ひ》水《すい》之《の》哭《こく》

どこで流れを誤ったのか。

累々と重なる屍の山を踏み越え、矢傷の痛みを堪えながら、敵の目を逃れて活路を探す。百万に近い味方がいたはずなのに、目に入るのはいまや敵の追っ手ばかりだ。

負けるはずのない戦いであった。

先鋒《せんぽう》として二十五万の兵を授けられた苻融《ふゆう》は、たちまち寿春《じゅしゅん》の城を陥《おと》すという快進撃を遂げた。大秦《だいしん》を迎え撃つ晋《しん》は、水陸でたった八万の兵しか用意できず、都督を務める謝石《しゃせき》は戦うことに及び腰であった。

寿春陥落の報告を受けた苻堅《ふけん》は、大軍を置いて軽装騎兵のみ八千騎を率いて先行し、寿春で弟と合流した。城壁に登って晋の軍容をその目で観察する。

漢族の降将であった朱序《しゅじょ》を、降伏勧告の使者として謝石のもとへと送った。

ここがすでに致命的な誤りだったのだろう。朱序は裏切って――いや、もともと晋の将であったのだから、元の鞘《さや》に収まっただけのことかもしれない。朱序は大秦の軍容と戦略をすべて謝石に報告し、自ら立てた策を献じた。

朱序の勧めに従って、この戦で功績と名を挙げることとなった劉牢之《りゅうろうし》が、晋の精鋭五千を率いて秦の十将を斬り殺し、三倍の数の秦兵を殺戮した。

内通者に手土産を持たせて送り出したのだ。後世は苻堅を史上に残る愚将として記憶することだろう。

だが、それでも失ったのは百万のうちのわずか一万五千だ。膨大な戦費を注《つ》ぎ込《こ》んで大軍を淝水に並べたのは、圧倒的な戦力の差を見せつけて敵の士気を下げ、早々に降伏を勧めるためであったのだから。

それとも、晋の建武将軍の謝玄《しゃげん》の、降伏を拒否し戦闘を希望する誘いに乗って、敵に淝水の渡河を許したのが失策だったのか。

最大の敗因は、大軍の厚さであった。晋軍が上陸する場所を空けるために、一部の秦軍を後退させたのを、後方の部隊が退却と勘違いした。一斉に後退を始めた大軍の動きを止めることなど、不可能であった。まして、大秦の軍は数種の異民族の混成軍であり、伝令を走らせても言葉の通じない部隊は少なくない。そこへ、この混乱に便乗した朱序が、秦の敗北と撤退を叫ぶ晋兵を放ち、秦軍の中を縦横に走らせた。

「負けた！　負けた！」「逃げろ！　逃げろ！」

諸胡族の部隊でも、漢語を理解する将校や兵士が、耳で拾った言葉を翻訳し、叫び、伝達する。それは苻堅と軍を立て直そうと奔走する将軍たちの命令を超える速さで、たちまち全軍に拡散された。

堤が崩れるのに、蟻《あり》の一穴があれば充分だという。

大秦百万の大軍は、流言によって引き起こされた恐慌によって、たちまち崩壊したのだ。戦闘によってではなく、転倒したところを逃げ惑う味方によって踏み潰され、圧死した兵士の数は増え続けるばかりだ。

いまや一握りの護衛が、苻堅の活路を開くために死に物狂いで戦っている。

「博休《はくきゅう》！　融！　どこだ」

弟の名を叫んでも、答はない。

——文玉《ぶんぎょく》、逃げて！——

翠鱗《すいりん》の声が頭蓋の中で響く。目の前で矢が何本も弾け飛んだ。

——逃げて、数が多すぎて、間に合わない——

晋軍の弓騎兵がすぐそこまで迫っていた。苻堅の華麗な甲冑を見分けて、晋の騎兵が怒号を上げながら疾走してくる。十馬身まで迫ったところで、先頭の騎兵が落雷に遭った。苻堅が凍り付いたように動けず目を見開いているあいだも、晋兵の振り上げた槍穂に次々に雷が落ちる。

「文玉！　逃げるんだ」

どこからともなく現れた小姓姿の少年が、地面から拾い上げた槍で、苻堅の馬の尻を思い切り打った。我に返った苻堅は、必死で馬を操り、戦場を離脱する。

翠鱗の無事が気になって肩越しに振り返ると、空馬に飛び乗って少し遅れてついてくるのが見えた。ほっとして前だけを見て馬を駆るあいだも、無数の矢が苻堅を狙って飛来する。頭上を、耳元を、肩先を、腿《もも》の横を飛び過ぎる。ついに、一本の矢が冑を掠めた。

苻堅の馬が疲れ、足の運びが遅くなる。追いついてきた翠鱗が苻堅の背後にぴったりと張り付いた。

――ごめん。護るって約束したけど、数が多すぎてちょっと大変。霊力を使い果たしてきたみたい――

人間の姿を保つのも難しくなってきたらしく、翠鱗の顔や首には翠色の鱗が輝き、額からは一対の枝角が形を現していた。

苻堅は翠鱗の背後で響く、断続的な金属音に気がついた。翠鱗の背中に当たって跳ね返る矢筋が、一瞬だけ苻堅の視界に映って消える。

乗馬に矢が当たったのだろう、急速に失速する馬から前方に投げ出された翠鱗は、四つ足の姿に戻って着地し、苻堅の馬と併走を始めた。そのあいだも、何度も飛び上がっては長い尾を振り回して矢を弾き飛ばす。

――文玉、前だけを見て、逃げて――

苻堅は言われた通りに、馬の腹を蹴り上げた。

視界の隅に翡翠の煌めきが映らなくなったとたん、一本の矢が脇腹を貫いた。

それでも、苻堅は歯を食いしばって手綱を放さず、馬を走らせ続ける。

命からがらで淮水《わいすい》を渡り、ようやく秦軍と合流できた。苻堅を迎えに出たのは、慕容垂の一軍であった。統率の取れた動きに、敗戦の損害は見られない。無表情な鮮卑《せんぴ》人《じん》の将兵らに囲まれて、苻堅は腹の底から湧き上がる恐怖に、死を覚悟した。

慕容垂は馬を下り、鮮卑人らしい大柄で逞《たくま》しい体軀に似合わぬ恭しい仕草で、苻堅の手を取り、替え馬を差し出した。

「陛下には逃げ場のないところを救って戴いたことがある。ようやく恩を返すことができる」

重々しく、よく響き渡る声は、苻堅の無事を本心から喜んでいるようだ。それは、周囲の鮮卑兵と、特に殺気を漂わせて背後に控える、息子の慕容宝《ぼようほう》に聞かせるためであったろうか。

「博休……融を、弟を見たか」

「征南大将軍閣下は、戦死されたと聞いてます」

全身から血が流れ出てしまったかのように、苻堅の目の前が真っ暗になった。倒れてしまわないように、かろうじて保った正気で膝と両足を踏ん張ったのは、天王としての矜持《きょうじ》だろうか。呼吸を整え、視界が正常に戻った苻堅の眼《め》に、慕容垂の肩に停《と》まる大鷹が映った。大鷹の鋭い両眼は、苻堅をじっと見つめ返した。苻堅は喉を詰まらせる感情をこらえて、口を開いた。

「貴卿も、稀なる瑞獣を養っているのだな。私は自分の愚かさのために失ってしまったが」

大鷹がゆっくりと瞬きをした。慕容垂が大鷹へと振り向き、視線を交わす。慕容垂が言葉少なく「まだ生きているかもしれません。碧鸞《へきらん》に捜させてきましょう」と言うと、鷹は一切の予備動作もなく、翼を広げるとふわりと空へと舞い上がった。碧鸞はまっすぐ、屍の折り重なる戦場へと舞い戻って行く。

慕容垂は護衛の一隊をつけて、苻堅を洛陽へ送り届けた。

晋軍は戦勝に驕って追討軍を出すことなく、対岸に引き揚げたらしい。碧鸞が空から見下ろす地上は、奇妙な静けさに満ちていた。どこまでも続く瀕死《ひんし》の人馬と屍の絨《じゅう》毯《たん》が続いている。この中から翠鱗を見つけ出すのは、沙漠で米粒を見つけるのとどちらが難しいかと考える。翠鱗が生きていれば、霊気の欠片《かけら》を頼りに捜し出せるだろうが、死体であれば米粒なみに難しい。

何度か戦場を旋回し、苻堅の本陣のあったところから敗走路を往復しているうちに、赤い何かがゆっくりと移動するのが見えた。人間や動物の動きにしては、右へ左へ、あるいは引き返したりと、どこを目指しているのかわからない。高度を下げて見ると、赤毛の人間の頭だ。不規則な動きは、屍を踏んで歩くのを避けようとしているせいらしい。血と肉と死体に触れないよう、ときにつま先立ちになっている。そしてときに座り込んでは、嘔吐《えず》いているようだ。

片方の肩が異様に盛り上がっており、よく見るとそれは緑色の大きな振り分けの袋のように見て取れる。

碧鸞は音も立てずに赤毛の青年の前に舞い降りた。背の高い若者の姿に変じる。

「ああ、碧鸞。久しぶり」

赤毛の青年は、青白い顔にむりやり笑顔を作って会釈した。

「麒麟の体質では、屍累々の戦場歩きは、きついでしょう」

挨拶も会釈もすっ飛ばした碧鸞の問いに、一角《いっかく》は苦笑を返して肩に担いだ蛟をゆすり上げる。

「死にそうにきつい。でも早く回収しないと、手遅れになってしまうからね」

「もう、手遅れじゃないですか。滴ほどの霊気も感じられない」

碧鸞の口調は心配も悼みも含まれておらず、無感動な響きが草原の風のように吹きすぎる。

「矢は急所を外している。傷の手当てはしたから、もう体液も霊気も漏れない。龍の眷属で霊獣の質を備えていれば、魂魄が身体《からだ》を去る前に土中に埋めることで、何年かがかりで回復するかもしれない。翠鱗に効くかどうかはわからないけど。肉体はまだ柔らかいし」

「死んでも生き返ることができるなんて、龍って、便利なんですね」

どこまでも単調で、棒読みな話し方だ。人間らしいしゃべり方は練習してこなかったのだろう。

「完全に死んだら、だめだと思うけど。だから、ちょっと手伝ってくれないか。早くここを去らないと、私の霊力も底が尽きてしまいそうだ。なのに、翠鱗を背中にくりつけるのが、ひとりじゃ難しくて」

碧鸞は一角が意識のない翠鱗を背中に負うのを手伝った。麒麟体に変じた一角麒《いっかくき》の背中にずりおちないように固定して、そのあたりの血で汚れてない兵士の帯を取り、ぐるぐると胴体に巻き付け、首と肩からも交差させて固定する。

「きつくないですか」

一角麒は少し体を動かして「うん。だいじょうぶ。ありがとう」

「ごめんなさい」

碧鸞は唐突に謝罪の言葉を口にした。一角麒は驚き「何が？」と訊ねる。

「前に、道明《どうめい》の邸で会ったときに、翠鱗のことを見ててくれって頼まれたのに」

初めて動いた碧鸞の表情と、感情らしきもののこもった口調に、しょんぼりとした空気がにじむ。

「いやいや、こうして来てくれただけで、助かるよ。碧鸞だって、自分の務めがあるんだし。ここまでめちゃくちゃな戦争になるなんて、誰にも予想がつかなかっただろうしね」

「あの」

膝を屈伸し、飛翔の体勢を取る一角麒を、碧鸞が小さな声で呼び止めた。

「うん？」

「翠鱗は神獣にはなれないのかな」

「どうだろう。苻堅は生き延びたんだろう？　翠鱗も生きて苻堅に再会できれば、可能性はあるかもしれない」

碧鸞は両手を組んで、物言いたげに体を揺らした。

「苻堅は重傷を負ったのかい？」

一角の問いに碧鸞は首を横に振り、やがて意を決したように口を開く。

「命に別状のない矢傷だけ。だけど、もうね、光暈がなかった」

一角麒は言葉を失い、碧鸞も黙り込む。一角麒の鼻はこのとき、いつもなら嘔吐《おうと》と頭痛を催させる死臭と血臭を感じることすら忘れて、呆然とした。

「そんなことが、あるんだ」

愕然《がくぜん》として空を仰ぐ。すぐに翠鱗の手当てを急がねばならないことを思い出し、こんどこそ飛翔の体勢に膝を沈める。

「とりあえず、いまは、急ぐから。じゃあ」

「あ、翠鱗を見つけたこと、苻堅に伝えていい？」

「それはかまわないけど。翠鱗が生き延びても、苻堅の生きている間に目を覚ますかどうかはわからない。君の判断に任せるよ」

霊力を使い果たした翠鱗と、光暈を失った苻堅が、ふたたび互いを見いだすことがあるだろうか。

一角麒は数歩地上を駆けると、空へと翔け上がる。碧鸞も大鷲に変じて、空中へと舞い上がった。しばらく同じ方向へ飛び続けた一羽と一頭は、洛陽が視界に入ったあたりで東と西へと別れた。

自分の山に戻った一角麒は、日当たりが良く、清浄な水の湧く泉の近くに柔らかな土を見つけ、そこにくったりとした翠鱗の体を埋めた。

毎日、朝晩、一角は泉に通い、こんもりと盛り上がった土の小山に手を当てて、霊気をしみ込ませる。天気の良いときは、翠鱗の好きだった物語を持ってきて、読み聞かせたりもする。

初雪が舞い落ちた日には、「そういえば、苻堅が長安に無事戻ったそうだよ」とも話しかけた。土の小山からはなんの反応もない。

まだひと月も経っていないのだから、あれほど死に近かった翠鱗の心身が回復するはずもない。だが、小山に寄りかかった一角には、ふと別の考えが浮かんだ。

あまりに死に近かったため、魂魄がさまよい出て、いまも苻堅について、その命を護ろうとしているのではないだろうか、と。

一角は長安へ飛んだ。

長安にかつての活気はなく、文字通り暗雲に包まれていた。百万の軍が数万しか戻ってこなかったのだから、当然だ。

淝水の戦いで死ななかった者は、逃げる途中に自ら倒れて同僚の下敷きとなり、逃げ延びた者は追っ手を避けて道なき野山に隠れ、野宿が続いて寒さで凍死し、凍死しなかった者は餓死した。十人に七人から八人が死んでしまったのだ。

宰相であった苻融は大司馬《だいしば》を追贈され、哀公《あいこう》と諡《おくりな》された。

平南《へいなん》将軍として遠征に加わっていた慕容暐は、この戦でも率いるべき兵を棄《す》ててひとり長安に逃げ帰ったという。

慕容垂は叛乱の恐れのある北方の慰撫《いぶ》を苻堅に願い出て許され、長安を去って父祖の地である幽州へと帰った。敗戦につけこんで大秦に背く諸勢力を吸収し、自立を目指すであろうことは自明であったが、これも止められない人の世の流れなのだろう。

一角は未央宮《びおうきゅう》に忍び込んで翠鱗の棲んでいた書院に入り、火を灯した。

翠鱗の気配はしない。

「ここに来てないのか」

一角は少しがっかりして、翠鱗の手が何度も擦った跡のある書架や、使い込まれた机と文具、食器などを見て回った。何度も読んで紙がぶわぶわに傷んだ書籍を見つけて、これを失敬してもいいだろうかとパラパラと眺めていると、せわしない足音がして、いきなり扉が開かれた。

苻堅が眼を見開いて、薄暗い部屋に立つ赤毛の青年を見つめる。そしてがっくりと肩を落とし、両手で顔を覆った。

「灯りが見えて……だが、翠鱗では、なかったのか」

碧鸞の言ったとおり、苻堅からは光暈が失われていた。

落胆のあまりしばらく身動きもしなかったが、わずかに正気が戻ったらしく、苻堅は顔を上げる。一角をまじまじと見つめ、見慣れた宮仕えの者でないことに気づく。

「何者だ？　ここで何をしている？」

力のない老人のようなかすれ声に、絶望を知った人間の懊悩《おうのう》が聞き取れる。

「翠鱗を捜しに来ました」

正確には翠鱗の魂ではあるが、一部だけ正直に答えた。

苻堅は幾度か瞬きをした。この得体の知れない青年を、不法な侵入者と見るか、翠鱗の縁者として扱うか、迷っているように見える。苻堅は咳払いをして息を整え、あらためて話しかけた。

「翠鱗の縁者であれば、そなたも蛟か」

「遠い眷属ではありますが、蛟ではありません」

苻堅は短い沈黙のあと、申し訳なさそうに告白する。

「翠鱗は戦死した。遺体は回収できなかった。私の過失だ。帰還できなかった兵士らの遺族には免税と必要な救済を施すことになっているが、蛟の眷属には、何をもって報いればよいのだろう」

一角は少し考えて、手にしていた書籍を掲げた。

「翠鱗が好んで読んだらしい、この書をいただければ。あと、翠鱗は自分の体の一部を、あなたに預けるか、残していきませんでしたか」

苻堅は耳に手をやったが、そこには何もなかった。翠鱗の鱗や角で作った護符や装飾品はみな、逃走中に失ってしまったか、残った物も手に取っただけで、灰のようにほろほろと崩れてしまったのだ。

苻堅は力なく首を横に振る。一角は優しく穏やかな声で、別の希望を言った。

「それでは、あなたの髪をひと房、いただけるでしょうか。翠鱗が人の世で生きた日々の証《あかし》として」

苻堅は無言で髪を解いた。剃刀《かみそり》でひと掴みの髪を削《そ》ぎ切ると、絹の手巾に包んで一角に贈る。

布包みを受け取るとき、一瞬だけ一角の指先と苻堅の手が触れ合い、パチッと火花が散った。一角は痺れる指先を見つめてから苻堅に微笑みかけた。

「翠鱗はまだ、あなたとともにいるようですね。連れて帰るのは、もう少し先になりそうです」

一角は書籍と苻堅の髪を懐に入れ、暇を告げた。

人間にはあり得ない身軽さで、塀を越え、城壁を跳び越えてゆく赤毛の青年を見送る。誰に話しても信じないであろう出来事に、苻堅はただかぶりを振るだけであった。

第十章　長安の春

旅人の装束をまとった赤毛の青年と、翠色の瞳の少年が、賑やかな長安の大門を懐かしそうに見上げた。

「あまり変わった感じがしないけど。ほんとに百五十年も経っちゃったの？」

翠色の瞳をくるくるとさせて、翠鱗《すいりん》が不思議そうに訊ねる。

「あれからまたいろんな国が興ってね。いまここは、西の魏《ぎ》の都になってる」

長安はこのとき、鮮卑《せんぴ》拓跋《たくばつ》氏《し》の建てた北魏が、さらに東西に分裂した西魏の首都であった。

賑やかな長安の大通りを、兄弟のように仲良く肩を並べて、翠鱗と一角《いっかく》は歩いて行く。丈高い門や、高いところに下がる看板を見上げた翠鱗は、不服そうにぼやく。

「でも、どうしてぼくは背丈が変わらないんだろう。あれから百五十年も経っていたら、二十代半ばくらいのしゃれたお兄さんくらいにはなってるはずじゃない？　一角だってすっかりおじさんになっているのに」

「謎だねぇ。あと、私はまだお兄さんでいけると思うんだけど」

一角は眉を寄せて言い返す。

「翠鱗はただ眠っていただけじゃ、ないからね。半分死んでいたというか、冬眠するヤマネのように、心臓の時間がほぼ停まっていたんじゃないかな」

翠鱗は立ち止まり、あたりの空気を嗅いで、眼を閉じた。

「うん。空気のにおいもちょっと違う。といっても、昔のにおいはよく覚えていないけど。でも、本当にみんないなくなっちゃったんだね。文玉《ぶんぎょく》のお墓って、この近くにあるの？」

「いや、長安にはないんだ。あとで連れて行ってあげる」

「うん。ありがとう。でも、あれ本当なの？　光暈が聖王のしるしじゃないかもしれない、って」

「聖王の資質かどうか、というのも怪しい」

「でも、ぼくの見た光暈を背負ってた人間は、みんな皇帝になったんでしょう？」

「なったけど、慕容沖《ぼようちゆう》は二年しか帝位に就いてなかったからね。二十八歳で殺されちゃったし、かれの建てた西燕《せいえん》は十年しか続かなかった。だけど、どうして長安に国を建てることにこだわったんだろうね。長安にいい思い出なんて、なかったろうに。苻《ふ》堅《けん》との和解も拒絶して何度も戦って、兄の慕容暐《ぼようい》はここで処刑された。鮮卑人が自立したがったのは、遼東に近い鄴《ぎょう》に帰って、燕《えん》を再興したかったからなのに、阿房宮から動こうとせず、この地に新しい国を創ろうとしたんだよ」

一角は、淝水《ひすい》の戦いのあとの苻堅について語るのは気が重い。人が変わったように容赦なく敵を罵り、差別する言葉を吐き、ためらいなく人を殺すようになってしまったからだ。人間ならば、自分に非のある敗戦で心を蝕まれたとしても不思議はない。光暈を失ったこととは関連づけたくはなかった。

一方、翠鱗は慕容沖ともっと話をしておけばよかった、と後悔する。佳人薄命とはいうけれど、あまりにも短すぎる生涯だった。

「慕容垂《ぼようすい》は？　燕を再興したんだよね」

「中山を都に再興した燕は二十三年、四代続いた。諸胡の国では、続いた方じゃないかな」

「碧鸞《へきらん》、どうしてるかなぁ」

「どうしてるんだろうねぇ」

翠鱗は、つらつらと連想される名前や思いついたことがらを口に上らせる。一角はひとつひとつ丁寧に相槌を打ったり、質問に答えてゆく。

「姚萇《ようちょう》の建てた国が一番続いたのって、納得いかないな」

翠鱗は不服そうに頬を膨らませてぼやいた。額のあたりにパチパチと怒りの火花が散る。姚萇の名を聞いても翠鱗が稲妻を飛ばさなくなったのは、つい最近のことだ。翠鱗が長い眠りから目覚めたとき、淝水の戦いのあと、苻堅がどうなったのか知りたがったのは自然なことだったろう。一角には明るい話題ではなかったが、人界ではすでに史書が編まれている以上、いつかは知ることだろうと、細かい事情を丁寧に教えた。

淝水の戦いの二年後、姚萇が苻堅一家を捕らえて幽閉した。死を覚悟した苻堅は、ふたりの娘公主を殺害し、寵妃の張氏《ちょうし》と末子の苻詵《ふしん》は自殺した。姚萇は苻堅を殺害する前に、皇位の継承に必要な伝国璽を要求したが、拒否されたという。のちにその死体を掘り返して辱めたとも。

目覚めて苻堅の最期を聞いたときの翠鱗は、悲憤のあまりあたりじゅうに雷を落として、一角の山は大変なことになった。その後も姚萇の名を耳にするたびに、翠鱗の双角からは火花が散る。

「姚萇にとってはお兄さんの仇だったかもしれないけど、それにあまりある恩も受けたはずなのに。そんな卑劣な姚萇に聖王の資質があったはずがないんだ」

怒りを静めるために、しばらく沈黙していた翠鱗は、生真面目な顔で一角を見上げた。

「ねえ。西王母《せいおうぼ》に会いに行きたい」

唐突な翠鱗の願いに、一角は困惑の眼差しを向けた。

「天命を授かりに行くの？　守護獣の務めなんて、一回で懲りただろう？　空を飛びたかったら、いつでも私が背中に乗せてあげる」

翠鱗は首を横に振った。

「もう、急いで神獣になろうとか思ってない。ただ、光暈の意味を知りたいんだ。西王母は教えてくれないかもしれないけど。釈然としない。卑劣な姚萇が光暈を持っていた理由を知らないままでは、気になって何百年も生きていけない」

一角はそんな理由で西王母が結界を開くだろうかと考えたが、それは一角の決めることではない。

「そうだね。試してみるのはいいかもしれない。途中まで送っていくよ」

「ありがとう」

翠鱗は、初めて会ったときと変わらない無邪気な笑顔で、一角に礼を言った。

（「蛟龍の書」了。次巻は二〇二三年末刊行予定）

前秦の華北統一（376年）

前秦崩壊後の群雄割拠(385年)

本書は文庫書下ろし作品です。

|著者| 篠原悠希　島根県松江市出身。ニュージーランド在住。神田外語学院卒業。2013年「天涯の果て 波濤の彼方をゆく翼」で第4回野性時代フロンティア文学賞を受賞。同作を改題・改稿した『天涯の楽土』で小説家デビュー。中華ファンタジー「金椛国春秋」シリーズ（全12巻）が人気を博す。著書には他に「親王殿下のパティシエール」シリーズ、『マッサゲタイの戦女王』『狩猟家族』などがある。

霊獣《れいじゅう》紀《き》　蛟龍《こうりゅう》の書《しょ》(下)

篠原悠《しのはらゆう》希《き》

講談社文庫

定価はカバーに
表示してあります

2023年２月15日第１刷発行

発行者──鈴木章一
発行所──株式会社　講談社
東京都文京区音羽2-12-21　〒112-8001
電話　出版（03）5395-3510
　　　販売（03）5395-5817
　　　業務（03）5395-3615

KODANSHA

デザイン─菊地信義
本文データ制作─講談社デジタル製作
印刷───中央精版印刷株式会社
製本───中央精版印刷株式会社

Printed in Japan

ISBN978-4-06-529825-1

講談社文庫刊行の辞

二十一世紀の到来を目睫に望みながら、われわれはいま、人類史上かつて例を見ない巨大な転換期をむかえようとしている。

世界も、日本も、激動の予兆に対する期待とおののきを内に蔵して、未知の時代に歩み入ろうとしている。このときにあたり、創業の人野間清治の「ナショナル・エデュケイター」への志を現代に甦らせようと意図して、われわれはここに古今の文芸作品はいうまでもなく、ひろく人文・社会・自然の諸科学から東西の名著を網羅する、新しい綜合文庫の発刊を決意した。

激動の転換期はまた断絶の時代である。われわれは戦後二十五年間の出版文化のありかたへの深い反省をこめて、この断絶の時代にあえて人間的な持続を求めようとする。いたずらに浮薄な商業主義のあだ花を追い求めることなく、長期にわたって良書に生命をあたえようとつとめるところにしか、今後の出版文化の真の繁栄はあり得ないと信じるからである。

同時にわれわれはこの綜合文庫の刊行を通じて、人文・社会・自然の諸科学が、結局人間の学にほかならないことを立証しようと願っている。かつて知識とは、「汝自身を知る」ことにつきていた。現代社会の瑣末な情報の氾濫のなかから、力強い知識の源泉を掘り起し、技術文明のただなかに、生きた人間の姿を復活させること。それこそわれわれの切なる希求である。

われわれは権威に盲従せず、俗流に媚びることなく、渾然一体となって日本の「草の根」をかたちづくる若く新しい世代の人々に、心をこめてこの新しい綜合文庫をおくり届けたい。それは知識の泉であるとともに感受性のふるさとであり、もっとも有機的に組織され、社会に開かれた万人のための大学をめざしている。大方の支援と協力を衷心より切望してやまない。

一九七一年七月

野間省一